今天也很爱你

概率论◎著

江苏凤凰文艺出版社
JIANGSU PHOENIX LITERATURE AND ART PUBLISHING, LTD

我是个年轻人，我心情不太好

总有一个人，无法忘怀

爱你就像爱生命

寻找世界上的
另一个我

每个人都有自己的特质，

你要去找那个在你身上闪着光的地方。

它一定在你的身上，

你可以找到它。

一个人也有好时光

我只是想难过一会儿

1

“我也不知道最近为什么会过得这么糟糕。”昨晚，小兮发消息给我。

她刚和男朋友吵架分了手，考了很久的驾照被告知没过，辛辛苦苦写的策划案又因为软件升级全都没了。

她找过两个朋友诉苦，得到了很多安慰，却还是觉得难过。

“他们都劝我别想太多了，没什么大不了的，要往前看。他们说了很多很多，但我还是感觉自己好不了了。”她无比绝望地叹道。

2

“别难过了，没什么大不了的。”

“你这样下去不行的，得快点振作起来。”

“事情既然已经发生了，就让它过去吧，你得向前看。”

每当我们陷入低落难受的情绪时，总会得到类似的回复，激励我们快速“变好”。听上去这些道理好像都很“对”。

于是我们催眠似的告诉自己，“我没事，我快要好了”。结果却并没有好多少。

我们还是会难过、会痛苦，只不过后面渐渐不再告诉别人：我还是很难过啊，我还是觉得一切都糟透了。而是选择在无数个失眠的夜晚，在被窝里独自舔舐伤口。

3

事实上，当我们遭遇无法承受的苦痛时，拯救我们的，往往不是一场大笑——而是一场大哭。

在电影《头脑特工队》里，主人公莱莉因为无法接受离开家乡搬到新的环境而情绪低落，打算离家出走。而在莱莉的头脑里，住着五个情绪小人，分别掌管着莱莉的快乐、愤怒、忧伤、害怕与厌恶五种情绪。

掌管快乐情绪的乐乐想尽了一切办法让莱莉开心起来，包括让莱莉回忆起很多快乐的事情、不让忧忧触摸记忆球。

因为害怕忧忧会帮倒忙，让莱莉更加难过，乐乐甚至对忧忧说：“你的工作就是确保所有的忧忧都乖乖待在里面。”

直到影片的最后，让莱莉恢复情绪的，却是掌管悲伤情绪的忧忧。

在忧忧的助力下，莱莉不再压抑自己的悲伤情绪，而是哭着和父母坦然说出了自己的想法：“我知道你们希望我开心。但是……我想回家，我想念我以前的朋友和冰球队。求你们别生气。”

莱莉的父母听后很触动，也和莱莉坦白了自己对原来生活的想念。最后，一家人抱在一起，莱莉也解开了自己的心结。

我们都太害怕“难过”了。一旦发现自己陷入了难过，所有人的第一反应几乎都是：怎么才能不难过？怎么才能重新开心起来？

但“难过”“焦虑”“不安”等负面情绪其实都是一种心里的感受，它不受大脑控制，也根本无法靠理智去压制它们。越是急切地逼迫自己甩掉它们，越会陷入“自责”“焦虑”的负面情绪中。

就像是桥本翔太在《一个人也能好起来》里写的：

千万不要抛给自己“为什么”和“怎么办”的疑问。

抛出“为什么”和“怎么办”以后，大脑就会开始搜索，不停地思考。但是，内心能量为负值时，搜索出来的都是负面结果，只会让不安恶化，根本不会引导出任何能够解决问题的点子或直觉。

千万记住，情绪低落时的思考没有一点用处。

4

“其实有些时候，流完泪会开心不少。”之前一篇关于快乐的文章发出后，收到了这样的留言。

在小的时候，我们一哭就会被大人教导：哭解决不了任何问题，所以不要哭了。于是当我们长大后才发现，当真的很难过时，反而忘了要哭了。

但事实上，如果要排解负面情绪，最好的解决方式就是：空出一段时间，直面它，正视它，直到它慢慢地从身体里面淡出。

所以，如果你觉得生活糟透了，每天都太难过了——

那不妨就大声哭出来吧。

这没什么丢人的。

我是个20岁的年轻人

1

“又要开学了啊，心情好复杂。”中午时，V 酱在朋友圈里发了这样一句话。

她从 6 月初就开始实习，好不容易干满了 3 个月，前几天刚办理离职手续，开始了剩下几天的“暑假”。

大学的暑假，好像和以前的暑假有了不一样的地方，暑假对于我们的意义也随之发生了改变。

但掐指算算——

好像，我们能过的暑假也没几个了。

2

上了大学，暑假有几种过法：实习、打工、旅游、躺尸。

V 酱选择的是第一种，牺牲暑假时间换取一份漂亮的实习证明。

“说是实习，其实就是打杂的，工资少，干的活没太大技术含量。平时上课可比这轻松多了。”V 酱说。

但即使如此，V 酱还是义无反顾地选择了实习这条路：“我学的是一个万金油专业，啥都学点，啥都不精。现在不去实习的话，毕业时简历就太单薄了，完全没有竞争力。”

与 V 酱同专业的同学也大多放弃了暑假，除了实习外，或是上托福，或是奔波在考证的路上。

V 酱对此很习以为常：“高考前的那些暑假，不也是用来补习充电的吗？”

但提到不久后真的不再有暑假，她却开始有些不安：“这好像，还是会让人有点难以接受。”

3

然而，即使是在家躺尸，好像也并非想象中那么让人高兴。

“太无聊了，很想开学。”放假后，不止一次在朋友圈看到这样的语句。

高三时，有个大四的学姐回母校，被班主任抓来和我们分享大学感受。当被问到暑假怎么过时，她一脸认真地给出了完全出乎我们意料的答案：“你们现在大概会很向往大学的暑假吧……但到时候你们就会发现，暑假真的太无聊啦，剧刷到想吐，游戏玩到腻，一个多月后天天盼开学。”

台下同学哈哈大笑。

今天想起，才发现她所言非虚。

脱离了束缚后，学业压力骤减，我们反倒开始陷入迷茫和空虚。而暑假，则把这种迷茫和空虚无限放大。

然而当我们缓过神来，想去做些什么时，暑假已渐渐要从我们的生活里抽离。

在离开前，那个学姐对我们说："不过，即使假期再怎么无聊，也一定要好好珍惜哦！因为到后面，就是没有暑假的人生了。"

4

"如果用18岁来定义成年，那成年人也未必太好做了。"之前二鸣在电台里讨论了关于17岁的话题后，收到这样一句留言。

作为刚成年不久的年轻人，我们却往往还没做好成年的准备，无论是物质还是精神。

暑假，对于我们来说早已不只是一个假期、一个缓冲带，更是一个"学生"的标志。而失去了暑假，则意味着——我们变成了一个"社会人"。

我们需要学会生存，承担责任，独自一人面对所有的未知与挑战。

与其说我们是在害怕没有暑假，不如说是在害怕直面这个事实。

成长的阵痛也正在于此：

我们得到了自由，拥有了选择的权利，却也丢失了弱者的福利，必须独自走完接下来的路。

5

最近看到一个很有意思的词：

青年危机

当大部分电影、小说都在探讨中年危机时，大家却好像忽视了二十出头的年轻人也会焦虑、苦闷、抑郁。

在电影《天气预报员》里，面对各方面都失意的男主，身患绝症的父亲说了这样一句经典台词：成年人的生活里没有“容易”二字。

但很多人可能不清楚，这句话的上一句是：凡是有意义的事都不会容易。

一个儿童的最大福利可能在于，你拥有任性以及被人宠爱的权利。而事实上，我并不是很想回到童年，或是再当一次孩子。

因为，成为一个很酷的大人也许是一件更有意思也更有挑战性的事。

成年人的世界，其实也可称作真实的世界。这里看似满是荆棘，却也鲜花遍地。没有了保护罩，那就自己保护自己；没有了可食物，那就自己去打猎。

我们看似丢失了暑假，实则回归了真实，踏上了一条全新的寻找自我、突破极限的旅途。

在知乎上有这样一个问题：大学和职场脱节在哪里？

有一个点赞很高的回答是这样的：

其实社会比大学轻松多了。大学就像一个罩着铁笼子的跑道，大家在这里比谁跑得快。到了终点有老师给你们掐表，慢一秒，也是慢。天赋比你好一点点的，每次都能比你快一点……到了社会才知道，人生不是一场马拉松。是鸟，你可以飞。是虫，你可以爬。跑得快，你就使劲跑。脑子活，你还可以绕路。

我们在 20 岁的年纪，因为一无所有，总会害怕前方的未知。

有人看着那些优秀得不行的同龄人，担心自己再也追赶不上。有人感觉不擅长与人打交道，怀疑自己以后没法融入社会。

但相信我，只要你做好自己，社会和未来其实没你想的那么可怕，没有暑假的人生也不会那么糟糕。

如果还是感到焦虑，那就这样告诉自己：

没什么好怕的，我正在成为一个很酷的大人了呀。

没有了保护罩

那就自己保护自己

没有了可食物

那就自己去打猎

我们看似丢失了暑假，实则回归了真实

踏上了一条全新的寻找自我、突破极限的旅途

多想成为一个有人设的人

1

中午，宿舍里，大嘴关上电脑，转身拍了下滚滚：“胖滚，走走走，吃饭去啊。”

滚滚立刻奓毛了：“臭大嘴，跟你说多少遍了，别叫我胖滚！”

吵闹间，大嘴回头问我：“×××，要一起吗？”叫的是我的全名。

有时，还挺羡慕她俩有外号的。

仔细想想，从小到大，我好像都没有被人叫什么外号。或者，更准确地说——我是个没外号的人。

2

回想一下，不免觉得有些沮丧。

在别人眼中，自己好像一直没什么让人印象深刻的特点。

记得以前学期末，都会收到老师亲自写的评语。有一次，打开自己的评语：“你学习态度端正，上课能够专心听讲，课后能够认真完成作业。遵守纪律，热爱集体。希望明年再接再厉，取得更加优秀的成绩。”

看了下其他同学的，都多了些不同的点评：“斯文秀气的你，写得一手漂亮的字。”“你活泼开朗。”“你聪明，善于开动脑筋。”……

看着自己像通用模板一样的评语，满怀的期待，像鼓足了劲吹起的气球，被细针“砰”的一下扎破了，立刻泄了气——原来，我并没有被认真关注过啊。

躺在床上的时候，常常会有些悲哀地想：如果我在这个世上失踪三天，可能也不会有人察觉到吧？

3

他人的评价有时候已经很让人沮丧了，“自我介绍”更是让我痛苦到想要拔腿逃跑。

无论是面试时，还是在新的社交场合，这都是最难的一关，因为——我根本不知道如何形容自己。

在网上看到这样一句话，一下子被戳到泪点：“长到这么大，我说不出来我最爱的一部电影，说不出来我最爱的一首歌，说不出来我最爱的一个人。时常觉得人生其实没那么有趣，偶尔也会质疑活着的意义，所有来自书上和别人口中的意义都不曾说服过我。”

一直按部就班地生活着，读着差不多的专业，做着没什么意思的工作。对于自己喜欢什么、擅长做什么、想要做什么，总是很迷茫。

也只有想到这些，才发觉——原来自己就是这样，浑浑噩噩地走了这么久。

回望过去，只剩下一张模糊的面目，好像从未看到过真正的自己。

4

渐渐发现，周围的人几乎都有自己的“人设”。

在欧美留学的高智商学霸，高冷且独来独往的女生，谁都愿意帮一把的老好人，常年国外游的旅行达人……别人的“人设”越精彩，越发凸显出自己的普通。

但与此同时，无论在娱乐圈还是生活中，又经常上演些“人设崩塌”的大戏。眼看他高楼起，眼看他楼塌了，在一边旁观都胆战心惊。这似乎又表明，有人设看起来很好，但维持人设是件多么让人如履薄冰的事——

“没有人设，就不用担心人设崩塌，这样还挺安全的嘛！”

转而又庆幸自己是个没什么人设的普通人。不甘平凡，却又畏首畏尾。好像在不自觉中，活成了《像我这样的人》里唱的那样：

像我这样优秀的人，本该灿烂过一生；

怎么二十多年到头来，还在人海里浮沉。

……

像我这样迷茫的人，像我这样寻找的人，

像我这样碌碌无为的人，你还见过多少人？

在羡慕和害怕的反复抗争中，只能不情愿地承认了——

自己和大多数人一样，就是个普通人。

5

有时会怀念小时候。那时总以为自己是世界中心，以后会成为灌篮高手、海贼王、魔法小樱这样了不得的角色。

长大后却发现，我连个十八线的戏份都捞不到，只是个再平凡不过的普通人。到现在，也常会幻想自己拥有别人那样令人羡慕的人生。

可最终还是放弃了，因为我发觉——

我成为不了其他人。

我最擅长、最想做的，只有自己啊。

虽然这看起来，是很普通的、谈不上伟大的人生。

但是对于我来说，只有在做自己时，才是在认真活着，才能对得起那些不断努力的昨天和每个用心生活的今天。

至少，愿意做自己，已经是平凡人能做的最不平凡的事情了。

不重要的朋友

1

前两天一时兴起，想看部有点小众的电影。

于是在朋友圈发了条状态：这周末，有人一起去看新上映的电影吗？没有我过会儿再来问问。

原以为 30 分钟就能有人来找，没想到最后我等了一个钟头，一条评论都没有。

不得已跑去私聊了几个平时玩得很好的朋友，得到的回复是："哇，想去看！！但我这周只想在家躺尸。""太热啦，不想出空调间……""我已经和别人约好啦。"

那一刻，一种巨大的失落感袭来：我是有一群假朋友吗？

2

类似的事情其实不止一次发生了。

年初的时候，20 岁生日。

零点之后，我悲伤地发现一件事：没有人给我发生日祝福，也没有人给我送生日礼物。

发了条朋友圈，又收到了一排的“生日快乐”和蛋糕表情。

也经常会有人约我出国旅游，有人失恋了受挫了来找我唠嗑一晚。

后来慢慢得知——

和我去旅游的朋友，原本想约的是她的另一个朋友，只是对方签证没下来；失恋唠嗑的朋友，本来想找她另一个闺密，结果那人已经睡了。

他们在需要我的时候出现，在其他时候消失，就仿佛——

我是一个“共享备胎”——还是免费的。

3

《康熙来了》里，有一期很有意思。

那时，范玮琪刚生完孩子，上《康熙来了》来找小 S 叙旧。而范范和大 S、小 S 以及吴佩慈关系都很好。

在交谈里，范玮琪上节目谈到之前怀孕时早产，只叫了吴佩慈陪在身边，没告诉大 S、小 S。

小 S 得知后，满脸介意地问吴佩慈：“你是第一个看到婴儿的吗？”

最后，蔡康永也补了一刀地问范玮琪："你把小S摆在朋友第几顺位？"

看起来，"备胎"这个词好像大多用在爱情上。但其实仔细想想，每一种感情里不是第一位的那个，某种意义上都是备胎。

这种"非第一位"的沮丧感，很微妙，但又如影随形地出现在各种关系里。

在学校，是那个"副班长""副课代表"；在家里，是几个子女中的"老二"；在公司里，是"副经理""副组长"。

这些人的共同点在于：他们被人需要，但永远都不会是最重要的那个。

这件事很让人难过，但我们往往很难开口去质问：喂，你为什么不把我放在第一位啊？

只不过，在意识到这些的一刹那，会对自己和双方的关系产生强烈的不满和"被背叛感"：

原来，我只是你的可选项之一啊！

4

有时候也会想：是不是我身上出了什么问题？

之前看《奇葩说》，有一集里陈铭感叹因为自己是个老好人，所以没什么真正的朋友：

"我跟所有人都是那样。然后当我有个朋友，走到我面前的时候，我对他说挺好的、挺好的。他没有觉得有什么特别的，你对全世界都是这样。有的时候我跟我老婆撒娇，我说：'你看我一辈子没有和你发过脾气。'她说：'这有什么？你发过脾气吗？'"

在豆瓣里，也有这样一个问题：就我一个人觉得人缘太好的人不能当知己吗？

有一个跟帖是这样的：人缘太好的知己不是你一个人的，是公用的。

有点扎心，但仔细回想一下，好像确实如此。

朋友是没有“排他性”的，但“最好的朋友”有。而要求另外一个人是我们的最好朋友前，其实应该先问问自己：

我把他当最好的朋友了吗？

5

曾在网上看到过一句话，很扎心：“感觉离朋友最远的时候，是看见她穿着你没见过的衣服，在没有你的地方拍了张自拍照，标注的是你不知道的事，回复的是你不认识的人。”

这句话让人难过的，倒不是朋友交了新的朋友。而是发现，我当作朋友的你，和我的生活越来越远。

我多希望自己，能成为你出了事第一时间会想起来、可以依靠的人。

因为你，也是我的“第一位”啊。

——

也常会幻想自己拥有别人那样令人羡慕的人生

可最终还是放弃了

因为我发觉——

我成为不了其他人

我最擅长、最想做的

只有自己啊

你这性格，到社会上会吃亏的

1

周末时，小学同学聚会。

到场后，发现一群人全围着我当时的同桌柚子。

“太吓人了！以前你连话都不敢说，现在居然出书了！”所有人都是震惊脸。

柚子笑着摆手：“瞎编的小说而已，也没多少人看。”

我用手机查了一下网上的点击量，发现已经破 500 万了。

2

小学的时候，柚子是个出了名的闷葫芦。

她不爱说话，也不怎么和人玩游戏，就喜欢一个人坐在那里涂涂画画。

有一次，语文老师抽中柚子回答一个很简单的问题，结果她站起来支吾半天，面红耳赤，硬是憋不出半句话。

全班哄笑，老师在一旁无奈地叹气：“唉，你这种性格，到社会上早晚会吃亏的。”

这句像是预言一般的话，后来就频繁地出现在我们的视野里。说这句话的人，往往老神在在，就像是给一个人往后的社交生涯判了死刑。

但实际上，在多年后，拥有“这种性格”的柚子不但没吃亏，反而活得风生水起。

她拥有数量庞大的粉丝群，她和他们互动虽然不多，却一点也不被人觉得是高冷或故作深沉。很多写手也和她是很好的朋友，他们会定期聚会、分享生活、探讨创作，完全不会觉得尴尬。

“一开始我也以为，按照我这种性格，大概在社会上很难混下去。但后来发现，其实没那么可怕啦。”柚子笑着说，脸上还带着熟悉的腼腆和羞涩。

3

“你这性格要改改，否则到社会上会吃亏的。”

“你这样子，以后有谁会喜欢你？”

“谁活得不辛苦？没办法，社会就是这样的。”

很多时候，那些大人和长辈会妖魔化“社会”这个概念。

听久了，我们慢慢就相信，社会就是这样的——那里布满刀光剑影，随时会被人暗里捅刀子；那里必须拼人情、讲关系、混圈子，性格木讷根本没法生存；那里的每个人都活得很辛苦又不快乐，但还得继续这样过下去。

确实，社会是有这样的一面。

但大部分时候，一个运行良好的社会，都是相对“公平”和“正直”的。

只要你有足够的能力，就完全能够在这里找到自己的位置，用自己喜欢的方式去社交和生活。

你完全没有必要去勉强自己，一味地迎合其他人，让自己变得“八面玲珑”“人见人爱”——除非某些职业需要。

你需要做的，其实自始至终只有一件事——不断地磨炼自己，找到长板，然后努力让它变得更长一些，创造出不是所有人都能创造出的价值。

如果你必须总是弯腰、讨好才能生存，那只有两个原因：要么是环境出了问题，要么是你的实力过于平庸。

4

我们常会以为，“性格开朗”就等同于“情商高”“混得好”，而“性格木讷”就等同于“情商低”“混不开”。

但其实，仔细观察身边的人，会发现一个很有意思的现象：很多性格开朗、长袖善舞的人收到的好评率，反而没有那些沉默寡言的人来得高。

拿《奇葩说》里的选手颜如晶为例。

无论是在观众之间，还是在选手之间，她都是一位难得零差评的选手。

奇特的是，她平时不怎么参加选手间的社交，也并没有在社交网上和粉丝有多么大的互动。在不辩论的时候，她内向得甚至有些自闭。

但肖骁把她归为自己最喜欢的“如晶宝贝”：“颜如晶是我和马薇薇的‘灵魂导师’，每当有了烦恼走不出来时，都喜欢去跟她诉苦。她也是我最怕遇见的对手，她能一下子戳到我的痛点。”

黄执中也在一次辩论后期的采访里叹道：“虽然我一直在提问，但其实她才是掌握观众呼吸的那一个。而且她会一个我们都不会的东西，就是她可以让自己看起来没那么聪明。”

事实上，现实里也是如此。

我们往往会倾向于和沉默的人分享秘密和生活，因为他们给人安全感。

而对于性格外向的人，我们会觉得他们好相处，但同时，难免会承受着“热情”所带来的压力，并且总是无法对他们卸下心防。

5

最近新冒出一个词：“尬聊”。

而和它同类的词是：“尬笑”。

其实，大家都看得出来，你到底是不是真心觉得这段聊天很有意思，是不是真心觉得这个笑话很好笑。

所以，我们实在没必要勉强自己去接话、去干笑。也完全没必要恐慌，原来的自己不会被别人喜欢，没法生存下去。

每个人都有自己的特质，你要去找那个在你身上闪着光的地方。

它一定在你的身上，你可以找到它。

我和我的身体

1

上周闺密聚会，白白缺席了，因为——

“我预约了妇科检查。”白白说。群里一瞬间炸开了锅。

白白才大三，也没男朋友，怎么突然要做妇科检查？

“我已经月经失调好多年了，还一直痛经。其实很早就应该去检查一下，但一直没好意思去。”白白解释说，“……而且，也确实到了该做检查的年纪了。”

2

想到大学时的一堂生理健康课上，快下课时，老师突然向所有人抛出了一个问题：“你们都知道安全套是怎么用的吗？”全班瞬间安静，然后所有人都开始笑着窃窃私语。

老师咳嗽了一声，一脸严肃地说："不用感到害羞，你们这个年纪需要用到是正常的。你们已经不是小孩子了，只是学一种新的保护自己的方法而已。"

我才第一次意识到：我已经到了需要正视自己生理欲望的年纪了。

在我们自己都还没有意识到的时候，我们的身体已经成熟到不再长青春痘，开始产生欲望，需要进行定期检查了。

如果没有被问到这个问题，我差点以为——自己还是个 16 岁的小女孩。

3

曾在豆瓣上看到一个故事，是个女生描述了二十出头的时候，独自一人去做妇科检查所遭遇的尴尬局面。说是"尴尬"，因为——"那个时候我还是个学生。"

可这不应该是一件尴尬的事情。

妇科检查和任何一种身体检查一样，本身就是一件顺其自然去做的事。但似乎在所有人看来，18 ～ 22 岁的我们都还是小孩子。父母不会告诉我们，安全套要怎么使用。妇科检查里的大妈们，会对去做妇科检查的女生投以异样的眼光。同龄人会开黄腔，却羞于谈论起这些过于私密的话题。

大家都避讳去谈论"性成熟"这件事本身。所以连我们自己都觉得，很多事情还离我们很遥远。

哪怕从生理上来看，我们的欲望和身体是完全的——身份却仍然是悬空的。

4

《七月与安生》里，小七月和小安生一起洗澡。

安生帮七月解开文胸带子的时候说:“你的文胸好土哦。勒不勒？难受吗？”“嗯,难受。我妈说习惯就好,女孩子将来要习惯很多不舒服的事。”七月说。

其实仔细想想，我们最初胸部发育的那一刻，也不能够马上适应。因此含胸驼背，生怕别人看出自己穿了内衣。然后，就产生了安生说的那种感觉:“我宁愿永远都不发育。”

成长必然会带来陌生感，而这种陌生感是造成我们不适的最大原因之一。并且常常在我们自己还没有意识到的时候，我们的身体就已经先一步开始成熟了。

恰恰也是因为这种突如其来的转变，加上很多时候父母刻意地避而不谈，让我们潜意识里，对成长感到排斥和抗拒。

假装好像根本没有长大这一回事。

5

至今我仍旧不会忘记第一次买卫生巾的尴尬和窘迫，也不会忘记早晨起来偷偷洗床单的羞怯。但没有人告诉我:“你长大了。”

只是在懵懵懂懂之中，突然有一天意识到，我似乎是有什么不同了。

某一天，我进酒吧的时候没有再被询问年龄了；感冒去医院，医生开药之前先询问了是不是在妊娠状态。这种转变来得迅捷而突然，让人措手不及。

在日本，孩子们都会有一个成年礼。

在成年礼之后，意味着你能够化妆、谈恋爱、进出酒吧和娱乐场所了。我们的成长好像没有这样的“仪式感”。

所以当谈到和“性”“身体”有关的这类话题时，我们还是会感到羞于启齿。

甚至直到现在，大部分人都还认为，这样的检查只适用于有性生活的女生。

6

我跟自己的身体，就像是完全的陌生人。

看起来认真而慎重地活了二十几年，但在对待这副身体时，却轻视得不行。只是把它当作是一台会好好运行的机器，只在它出问题的时候去维修它。从来没有好好地珍视过它、了解过它。

但事实上，我们需要知道自己什么时候长大了，需要做检查，什么时候生病了。我们需要了解自己身体的喜好，发自内心地尊重它，完全不必感到丢脸。我们需要去正视它。我们需要去谈论它。

我们只有这一具身体，也只能活这么一次。

不能让羞耻和恐惧拖累自己。

最后

想跟大家分享一点女生需要知道的妇科常识

妇科检查，是对女性内外生殖器的体检。严格来说，当年龄达到20 周岁，不管有没有过性行为，都应当接受定期的正规检查，一般是每年一次。

因为不管是否有过性生活，都有得妇科病的可能。如果你感到身体有不适，那么就应该立刻去医院寻求医生的帮助。

不管身体的哪个器官出现问题，我们都会有紧张和害怕的情绪。

这很正常。

性器官绝不应该被当作特殊器官，不应该被贴上贞洁、羞耻、不洁的标签。

能对你身体负责的人，只有你自己。

——

我们需要知道自己什么时候长大了

需要做检查

什么时候生病了

我们需要了解自己身体的喜好

发自内心地尊重它

完全不必感到丢脸

有些人总是害怕改变

1

最近，在知乎上看到一个女孩的提问：“男友发现我用卫生棉条，就要和我分手，我该怎么办？”

女孩之前在国外尝试了棉条，觉得特别方便，就一直用。前几天，她的男友上厕所时发现她放在洗手间的棉条，非常生气，说用棉条的女孩都不是好女孩，让她不要用。

就因为这事，两人闹了好几次，她男友还发消息说要分手。

被震惊到。

问了些周围的朋友，发现知道卫生棉条的人大概有 70%，但真正使用过的只有 5% 不到。

这跟《经济学人》杂志报道过的数据差不多：棉条在美国有 70% 的使用率，而国内只有 2%，甚至有 1/3 女性没有听说过棉条。

问了不用棉条的朋友们，原因大概有以下几个：

—— 没听说过，一直用卫生巾习惯了。

—— 听说过，但不敢用，怕疼。

—— 试着用过了，但不会用，没放进去。

—— 用过一两次，后来没用，因为害怕落在里面拿不出来很危险。

我发现很多人对棉条都不太了解，甚至有很多误解。

通俗地讲，用卫生棉条，就像感冒流鼻涕时，往鼻孔里塞一下卫生纸。卫生棉条是个解放女孩的好东西，夏天很清爽，再也不用担心侧漏，想怎么动就怎么动。不怕水，傅园慧还戴着它参加奥运会去游泳呢。棉条用起来也很方便、不疼，新手多看几次使用说明书即可，处女也可以使用。

很多女孩对生理相关的产品了解不多。

有的是平时不太关注，有的是不好意思跟别人讨论，还有的只是害怕尝试新事物。好像保持长期以来的习惯，才是最安全的。

其实，对棉条不接受不使用不了解的情况，也不难理解。

长期以来，女孩们受到正确的生理卫生教育和性教育实在是太少了。不仅对生理相关的产品了解不多，对自己的身体了解得也很少。很多女孩担心用棉条会戳破处女膜。

首先，处女膜不是一张完整的膜。它学名叫阴道瓣，是长在阴道外口的一道薄膜，不是长在阴道里的。

阴道瓣有很多形状，有环状、锯齿状、伞状、弯月状、双孔状、筛状、穿孔状等等，我猜这点很多人都不知道。

功能上来说：青春期后，女性的生殖器官逐渐发育完善，阴道已经具有抵抗细菌入侵的作用，而处女膜却逐渐变得薄弱，也就失去了这一作用。所以，对于发育成熟的女性来说，处女膜已经不再具有什么生理功能了。

其次，处女膜 ≠ 处女，处女膜破裂 ≠ 非处女，非处女 ≠ 不纯洁。

很多古装剧都有这样的情节：新婚第二天早上，家人看到沾了落红的白布后，笑得合不拢嘴。电视剧套路害死人，快醒醒！

实际上是，30% 的女性初夜不会出血，或者出少量的血。同时，女性的处女膜是可以长回去的，比如长期没有性生活，膜内毛细血管会恢复回去。也就是说，女生永远不会失去处女膜，它永远属于你，不属于任何人。

男孩接触的生理卫生教育也很少，甚至有不少误解：

“用棉条的女孩，很好泡。”

“女孩用棉条的时候，一定很爽吧。”

“用卫生棉条的女孩，不配做我女朋友。”

……

不知者不怪罪。但不知道还不愿意花时间去了解，随口对别人发表意见，就是你的问题了。

有时想想，觉得有些讽刺。

明明大家的组成成分都是一样的，却对彼此充满了各种错误的认识。

2

中国的家庭在孩子青春期时，很少会认真耐心地给孩子讲解生理知识。

原因不外乎：不知道怎么教，开不了口，毕竟自己青春期时家人也没教过。害怕孩子们在青春期“犯错”，过早地尝“禁果”，干脆什么都不教。

女孩和男孩从青春期开始，被耳提面命“男女授受不亲”，却没有人告诉他们，为什么不能？应该怎么保护自己？明明是跟自己切身相关的东西，却谈之色变，仿佛性是洪水猛兽。

于是，最基本的生理知识，孩子们几乎都是自学的。女孩们在跟小姐妹的交流里，学会了如何正视性这件事。男孩子在偷偷藏在枕头下的书籍和画册里，接受了身体的反应。

女孩和男孩，被环境和人为地制造出巨大的鸿沟，好像把两群人彻底分隔开，就是保护。

可实际上，很多年后——女孩因为缺乏正确的生理知识，被猥亵，被骗性，被骗孕，被骗捐卵子……男孩因为生理知识的匮乏和误解，被侵犯却耻于开口，不知道如何面对同性恋情，成为他人口中的“直男癌”……

那些所谓的保护，相当于把孩子们关在笼子里不闻不问。

出了笼子，要么成为待宰的羔羊，要么成为隐藏的帮凶。

3

有时候觉得，女孩们像花一样脆弱，太容易被伤害了。

如何才能避免被伤害？除了社会和法律之外，站在自身的角度，真心希望每个女孩能认真地了解自己，从身体到心理。

用科学严谨的态度了解自己的身体，是保护自我的第一步。只有我们自己，才是身体的主宰。

我们有权利选择使用身体需要的物品，可以决定是否使用棉条、月经杯、避孕药、避孕套，或者其他世界送给女孩的礼物。

我们使用，是因为我们需要。我们不用，是因为我们不需要，而不是因为男友的反对指责、父母的告诫。我们拥有自己身体的绝对控制权，不是任何人的附属品。

最后，那些青春期没有人告诉我们的事情，或者产生了误解的知识，现在去学习还不晚。

我们还有机会好好帮助身边需要这些知识的朋友。

我们还有机会教育好我们的下一代，给他们真正的保护。

改变很难，但结果值得冒险

每当和异性的关系到了一个微妙的临界点时，我都会有种莫名的局促感，甚至在内心偷偷绷起一根警戒线。

在警戒线范围以内的男性——安全。

超出警戒线范围的男性——危险撤退。

判断他是否超出警戒线的标准是，我跟对方是否有可能产生更近一层的感情。

与其说是单身，不如说是主动选择了单身。

1

渐渐发现，周围也有一些像我一样单身的人，我们的共同点是——擅长主动掐断一段感情，斩掉与有好感的人的联系。

我们有“目前 100 个不适合谈恋爱的理由”：

闺密那么温柔的人，因为恋爱变得特别情绪化，很“不像她”，好恐怖。

马上就毕业了，反正大家可能会去不同城市，早晚得分手，何必在一起呢。

刚毕业实习，工作都还不够稳定，哪有精力谈恋爱？等后面顺利了再说吧。

工作越来越忙，努力赚钱搬出这不到 10 平方米的出租房，目前对我来说更重要一些。

……

我们也有“100 个跟异性保持距离的方法”：

喜欢我的人发“在吗？”故意隔很久才回复他“刚在忙”，人为制造“时差”，竖起“壁垒”。

我喜欢的人约我一起走走，立刻想到推辞的理由：“啊？不巧，我已经有约了。”

不扯淡不暧昧，不回复深夜的消息。

……

我们甚至有“100 种转移情感的方法”：

读过的言情小说，遍及穿越、都市、校园或重生等题材，如今早就被翻拍殆尽。

看过的偶像剧，从《薰衣草恋人》《恶作剧之吻》到《来自星星的你》，个个都如数家珍。

用百倍精力熬过实习，通宵加班到升职加薪的时候，暗自庆幸“还好没恋爱”。

……

我们太懂得感情的弱点了。

反正彼此也没有喜欢得那么热烈，这样的感情拖着拖着就“死了”。如此矛盾的理由，无非是因为有太多的害怕。

听《喜欢你，但害怕》时，总能被歌词一秒戳到心疼：

想把你锁在我自己的抽屉里，但害怕拥挤到你想要逃离。

……

想和你倾诉我所有的秘密，但害怕你嫌弃我的坏脾气。

想告诉你现在全世界我最喜欢你，但害怕你在做一场好玩的游戏。

最害怕恋爱后，未知的一切都失控——时间失控、工作失控、情绪失控，甚至自己整个人都变得失控。

就这样，每次理智和情感大战八百回合，前者总能获得微弱的胜利。“男性朋友为 0”的纪录摇摇欲坠，又被及时摆正了。

假若恋爱后一切都可能变得不可控，那么至少目前来说，我们还能控制住自己。

所以，最关键的那一步，是我们自己退回去的。有可能的那个人，是我们自己推开的。

说到底，无非是我们对安全感的需求，超出对情感的需求。

2

嘴上说着“介绍个小哥哥给我认识呀”，朋友给微信号时却㞞了：“算了算了，还是努力脱贫吧。”这样单身久了，竟渐渐觉得如今的状态还不错。

至少不会有剧烈的无法控制的变化，自己也不会变得陌生。

像《逃避可耻但有用》里土屋百合说的那样：“喜欢上一个人，就会变得不安啊，自己变得不像自己，脚下轻飘飘，没人扶着的话，哪儿也去不了。”

无论是对自己，还是恋爱本身，都不再有信心。

独自为生活奔波已经筋疲力尽了，哪还有时间和精力去接受一个全新的人？

成年人的恋爱是个漫长的过程，不是小时候心心念念的王子公主的童话，斤斤计较，步步为营，争吵磨合，重塑彼此。

我们不擅长这些，没能力承担这些，也害怕变成这样的人。

只好暗自告诉自己：脱贫比脱单更重要。

3

前两天晚上和闺密聊天时，忍不住问她：“我这样是不是挺病态的？”

她没有回应，反而问我：“你怎么知道改变后的自己，你不喜欢呢？

“这世界瞬息万变，特斯拉都飞上宇宙了，改变是永恒发生的，只要你跟另一个人产生联结，你们两个人其实都会因为彼此而改变。”

她又强调：“其实真没那么可怕。能够改变一个人，或者有一个能改变自己的人，多可爱啊。”

仔细想想，我其实不知道自己恋爱了会变成什么样子。

是会无时无刻不黏着男朋友，还是独立洒脱果断结婚呢？会因为一些看上去鸡毛蒜皮的事情与他吵架哭红眼，还是会和他一起拥抱和好然后看他像个孩子一样玩吃鸡呢？

想来想去却发现，我看过这么多小说和偶像剧，但那些故事都不属于我。

我真正感受到恋爱的记忆，是残缺的、不完整的。

这么一想，对恋爱好像没那么排斥了，隐约有了一丝期待。

下一次。

我暗自跟自己说。

下次或许我真的可以尝试一下。

毕竟，我已经单身太久了。

不管变化是好是坏，至少此刻，我不再抵触看到改变后的自己。

时间是最猝不及防的东西

1

这是菲力近半年第三次收到结婚请帖了。

发请帖的，有认识已久的老友，有关系浅浅的大学同学。而这次，是他久未联系的初中同桌。

觉得恍惚的同时，他开始心疼起自己本来已经很瘪的钱包："所以，这次要随多少份子？"

2

10月里的大家好像都挺穷的。有很多人结婚，有更多人要参加婚礼。

认识个朋友，大三，这几天到处托人在帮忙介绍兼职。他跑来问我的时候，我疑惑他为啥这么需要钱。他回答说，这个月要参加三场婚礼。

点开他的朋友圈，发现最近的一条是：这个月你们还有人要结婚吗？

如果没有的话，我想给自己买件长袖。

出于好奇，跑去问了几个要去参加同学婚礼的人有什么想法，他们说：

“别人都要生娃了，我还没谈过恋爱……”

“他这种人竟然都结婚了！！”

“很想问，能不能过两年再办婚礼？现在没钱。”

“没想到我们已经这么老了……”

3

你以前一直觉得，结婚是件很遥远的事。

虽然从小学开始，身边就一直有各种早恋的小伙伴，但你觉得，恋爱和婚姻，到底是不同的。

直到有一天，你收到了一张婚礼请帖。从对方的聊天消息框里弹出，点开后，是一个满是粉红爱心的 H5，里面写着两行字：

我们要结婚啦！真挚地邀请你见证我们的幸福。末尾是婚礼的地点和日期。

你回想了下，这个发消息的对象，明明比你还小几个月。

几年前，你们还一起躺在草地上，说以后大概不会结婚了，相约好老了结伴去养老院。

4

前几天晚上掐指一算，突然发现：最大的“00 后”都 18 岁了。

时常会有种和时代脱节的荒谬感。身边的人陆陆续续地恋爱、成家、立业、生娃，变成一个像模像样的成年人。而我却还站在时间的河流边缘，在那儿扮演着少年。

心里有些与众不同的自矜，更多的却是焦虑和不安。很难分清，到底是我不愿“成年”，还是无法“成年”。

在《我不知道该如何像正常人那样生活》里，徐晚晴叹道：

我想我还是太纯良了，时间在我身上仿佛比别处流逝得慢。别人已经结了婚又离掉了，我还处在“后学生时代”。我时常沉浸在过去的时光中，总觉得周围的人都还是懵懂的少年，对男盗女娼之事的认知还停留在明清小说中。我还是个生涩的果子，倔强地挂在枝头。而他们早已熟透，甚至内里生了虫子。

有时候其实并不清楚，身处这种“慢半拍的时间”，是件好事还是坏事。

但一想到，马上要和那些走在前面的人一样，背负起家庭的重担和责任，真正开始进入生活的熔炉，就不由感到恐慌起来。

5

到底怎样算是个合格的成年人呢？

很多时候，即使我们嘴上嚷嚷着自己已经成年，但还是无法放弃父母的支援，遇到问题依旧软弱得想要逃避和退缩。

实际上，没有任何一个人能回答这个问题。

有太多的成年人，即使很早就结婚生子，顺畅无比地承担了社会责任、实现了财务自由，也依旧把日子过得一团糟。

生活的苦衷，并不会因为你走得慢就不来。但同时，也不会因为你走得快，就可以逃过去。本来，每个人走路就有自己的节奏和步速。

即使到了八十岁，你才找到了那个人，知道了自己想做的事，也没什么丢人的。

真正让人难受的，是在那之前——你催眠自己，成为一个“假”的成年人。

我对这个世界

竖起厚厚的墙

遇见你时

墙脚偷偷开出鲜艳的花

偶尔多睡一会儿吧

1

“这么冷，晚点起床应该也不算过分吧。”这样想着，Blake 就在床上躺了一天。

在给我发交接任务之前，他已经在床上完成了吃饭、改策划、打游戏等一系列行为。

“周末的时候，能躺床上真是太幸福了。”他钻在被子里，吃着薯片，在微信上敲下这行字。

2

事实上，Blake 并不是一个懒散的人。

他今年大四，不久前拿到了一家颇有前景的创业公司的 offer，岗位也是自己喜欢的，很受上级器重。

他平时每天的日程基本都被排得满满的：实习、商务英语的课程、各类沙龙和活动、和各类大牛的会餐……为了能够尽快提升自己，他甚至还常主动提出加班。

“我已经很久，没有赖在床上睡个懒觉了。”某次午餐上，他这样和我说道。

3

“上学要迟到了，快起床！”念书的时候，总会被妈妈这样催促。

“上班迟到奖金就没啦，你还不起床？”开始实习，抱着拿全勤奖的念头，也不得不卡着点爬起来去挤地铁。

而到了冬天，人好像也变得懒散了很多。每天要渡过的第一个难关就是，我们得说服自己，离开温暖的被窝，感受一刹那间离床的寒冷。

很多时候，我们说服自己的理由还是原来那些：如果你不起床，你就不能……

我们生怕自己起晚了，就赶不上某件事，错失了某个机会。

前阵子流传的王健林日程表里，第一条就是：

时间	安排
4:00	起床

很多人感叹道：看了首富的日程安排，终于知道我为什么穷了。

相关鸡汤也应运而出：你只看见别人有钱，却不知道是怎么挣来的。最可怕的不是很多人比你牛，而是比你牛的人比你还努力。

于是，我们好像就这样生活在“如果我不 ××××，就会被别人超越，被时代抛弃”的焦虑中。

4

“偶尔赖个床真的很有必要。”在躺尸了一天后，Blake容光焕发、生机勃勃地和我推荐，“整个人就像重新活过来一样。”

其实很多时候，“晚点起床”不意味着偷懒，而是我们在给自己放一个假，让大脑有个缓冲的空间。

从上学时的补习班，到毕业后的各类商务培训，我们仿佛从一个旋涡被推向了另一个旋涡。在这个日程以分钟为单位的时代，要停下来歇会儿，仿佛都成了一件很有罪恶感的事。

我们害怕自己不够好被时代的洪流拍下，害怕走得太慢被同伴甩在身后。

于是，只能告诉自己：再晚睡一点，再早起一点，再多背个单词，再少聚一次会。

但事实上，我们可以也应该有这样一段时间——

什么也不做，就躺在床上，让大脑放空，刷刷微信，看几部剧，让一天流去。

如果有人催你起床，你可以这样回答：“我的被子生病了，我要留在床上照顾它。”

某一天我累了，那我就不等了。

现在我还在等，是因为我选择等。

就这么简单。

祝我快乐

1

前段时间，收到一条微信：“天气慢慢凉了，记得及时添衣哦。立秋快乐：)”

看到的时候很感动，赶快回了一句：“谢谢你呢，立秋快乐！”

结果，没有再收到回复了。

2

回想一下，不免有些难过。

最近的几年里，收到的非群发的认真写的祝福，屈指可数。

去年快过年的时候，有个朋友发了条拜年的状态在朋友圈。那条状态下，他附上了一句评论：我就不群发祝福了，大家也不用群发祝福给我了，没多大意思。

当时觉得这样真酷。

既省下了无意义的回复时间，又避免了在零点被这样的消息轰炸到手机卡机。但犹豫了一会儿，还是没像他一样发这样一条朋友圈。

因为很怕，发了之后，连一条祝福都收不到。

那样的话，在这种热闹的节日里看起来，好像会让人更难受。

3

“×× 节快乐。”当我们在打出这句话的时候，大部分是出于礼节和习惯。

一个众所周知的事实是：那些“形式化”的祝福，因为祝福本身的“虚浮”，并不会让人感到多真切的“被祝福感”。

但大部分时候，我们还是希望它能够存在。因为收到和发出这些，最起码意味着：有人会记得给你祝福，你也有可以祝福的人。

这个认知会给我们带来安全感。

只不过，这种安全感就像是一只只单薄的气球，过一会儿就自然泄气了。

4

还记得上初中的时候。

那时每次过一些比较重大或有趣的节日，我都会给一些重要的朋友写一段特别的祝福语。

这件事很费时间和精力，最起码得耗上半天去酝酿和编辑。但在发出去的那一刻，会觉得特别开心。

因为我知道，收到的人也会很开心。他们能感受到，世界上有一个人是如此热烈地希望，他们能过得快乐而顺心。然后，会加倍把这份情谊回馈给我。但后来，认识的人越来越多，需要去应付的关系也越来越多，慢慢开始疲于继续做这样的事。

同样，也没剩下多少人会对我做这样的事。

我发了越来越多的节日快乐，也收到了越来越多的节日快乐。

可我用心祝快乐的人越来越少，用心祝我快乐的人也越来越少。

5

在知乎上，有这样一个问题：年纪越大，朋友越多还是越少？

最高点赞量的答案是这样的：“重要的人越来越少，但留下的人越来越重要。”

仔细想想，其实我们并不需要那么多形式上的朋友，也没有精力去和那么多人发生深入的联系。我们只能把有限的时间分给有限的人，然后和这些人发生深入的联系。

而最重要的一件事是：我们的身边，还有一些一直把我们放在心上的人，有些我们真心希望他们能快乐的人。

这样就足够了。

敬所有的穷途末路

1

和渊子很久没见了。

在大学里，他是辩论社的社长，饱读诗书、才华横溢、出口成章，很多看过他辩论赛的人都成了他的迷弟迷妹。

社团十周年庆时见面，和他聊时，却发现他好像变了很多。

“最近一直在想，是不是该离开上海了？”说完这句话，渊子抿了一口酒。

2

渊子有一个相爱三年的女友，刚毕业就在上海的一家金融公司工作。

在很多人看来，渊子年纪轻轻就出入陆家嘴，动辄交接几千万元的案子，已然是人生赢家的候补选手。

但实际上，渊子住在上海的郊区，每天要挤一个多小时的地铁去上班。

为了谈下单子，难免要请客户吃饭，动辄上千元的饭费基本只能自掏腰包。房租、生活费、应酬费……拉拉杂杂的开销一上来，每个月基本都是“负收入”。而因为工作繁忙，空闲时间也一再被压缩，连睡满6个小时都变成了一件有些奢侈的事。

“我每周和女朋友见面的时间都不超过两个小时。有时候，好不容易空下来去电影院，还得要她替我埋单。”渊子提起这些时，满脸苦涩。

摆在他面前的好像只有两条路，要么继续留在上海，要么回到西北老家，去做一份稳定而无趣的工作。

留下的话不开心，离开的话——“应该会更不开心吧。”渊子说。

3

这座城市里，有成千上万个渊子。

几十年前，“穷途末路”对于一个人而言，就是性命攸关的事情。

几十年后的今天，没有生命威胁后，“穷途末路”对于一个人来说大概就是：

无论怎么费力，好像都没法过上自己想过的生活。而“想过的生活”说白了，其实就是“让我们快乐”的生活。

在这个时代，看上去放在大家面前的选择变多了，但并不意味着幸福变多了。

高昂的物价、高强度的工作就像是一头头野兽，把很多人吞噬。我们怀揣着梦想上路，最后却发现，在途中渐渐迷失了生活的意义。然而让人沮丧的是，即使回头，也依旧是一片看不清方向的茫茫大雾——

好像没路可走了。

4

在《十万嬉皮》里，万青唱道：

大梦一场的董二千先生
推开窗户，举起望远镜
眼底映出，一阵浓烟
前已无通路，后不见归途

敌视现实，虚构远方
东张西望，一无所长
四体不勤，五谷不分
文不能测字，武不能防身

很长一段时间里，不懂歌词到底是什么意思。

但等到慢慢听懂以后，才发现原来歌里的“董二千”就是生活里的我们，“剑未佩妥，出门已是江湖”。

我们被时代的潮流汹涌着推向前，物质世界虚无，精神世界贫瘠，还没锻炼出铜墙铁壁，就被匆匆赶上社会的考场。

在日剧《公主小屋》里，女主人公小沼在东京一家普通的餐馆工作了8年，梦想着在东京拥有一间属于自己的公寓。为此，她每天都非常努力地工作，节假日也几乎不休息。但对于一个没有专长的打工者来说，要在物价极高的东京买栋房子依旧是无法想象的事情。其他人也都认为这是一件不可能实现的事。

小沼很坚定地反驳那些质疑：“如果努力或许能实现的事，仅凭想象就断言无法实现，不经过尝试就缴械投降是不行的。”然而，与一般的热血剧不同，在第二集里，看过一套价格高昂的江景公寓后，小沼就明白了理想与现实的差距：“这儿的远景确实很美，但是我发现与我永远无缘，就算努力也是办不到的。”

她没有一蹶不振，因而放弃去拥有一套只属于自己的房子，而是学会了慢慢地调整自己的目标：如果没办法买独立的房子，那就努力买一套二手房吧！

但很残酷的是，直到电视剧的末尾，小沼也没有买到属于自己的房子，只不过给所有人留下了一个不断寻找合适房子的身影。

看上去这部剧是在讨论买房，但实际上是在探讨这样一个问题：当发现要走的路仿佛很难走到终点时，你要不要放弃？

5

曾不止一次地看到类似的激励：每件事情都会有好的结果，如果没有，那是因为还没有走到最后。

但真实的生活是——大部分人即使走到了最后，也不会获得“圆满的结局”。

不过，也正因为如此，那些知道了这些还依然咬着牙走到最后的人，才值得尊敬。

没错，生活是很艰难，而且它可能会一直这样艰难下去。多高兴，你现在就已经知道了这点。

那么，你需要认真地问问自己——

现在的你，准备前行了吗？

×××：请求添加你为朋友

1

前两天又收到了这样的消息："我今天也被清理了几次，你的朋友圈也该清清了，打开设置……这是一条群发消息，不用回。"

然后我翻了一下和他的聊天记录，上一条在三个月前——×××：请求添加你为朋友。

2

"加一下好友吧！"现在认识新朋友后，对话大多以此结束。

在加完好友后的几天里，朋友圈的互动往往是最多的，很多人甚至逢条必点赞、评论。而过了一段时间，大家就成了只存在于朋友圈的人。

一个残酷的现实是：我们的微信好友越来越多了，但好友并没有变多。

最近翻了一下微信的通信录，甚至发现，很多人我连备注都没改——他是谁？来自哪儿？现在是做什么的？我一无所知。

我翻看了其中几个人的朋友圈，试图寻找到一些和我有关的蛛丝马迹，均以失败告终。

以前我也许会挨个问一遍，顺便唠唠嗑。但现在由于这个人数过于庞大，我连询问的欲望都丧失了。

在和 Ann 闲聊的时候，她也深有同感，并传授了一个方法给我：趁着节假日，编辑一条文艺一些的祝福信息群发，如果对方回复的话就可以顺便询问一下他的信息。这样既可以避免突兀询问的尴尬，又能知道对方的一些基本情况。

不过问题是，这种群发的消息，谁会回呢？

3

阿诗前阵子加了她喜欢很久的一个男神的微信。

但犹豫了很久，她都没鼓起勇气介绍自己。“我们平时没什么交集，不知道要怎么说明加他的原因，然后就这样搁置下来，想着能通过朋友圈看看他在做些什么也是好的。”

事实上，我也干过不少“加完好友不聊天”这样的事。之所以会这么做，原因也很简单：对方太牛，差距太大，不知道如何介绍自己。

当好友越来越多，微信的性质就越来越像更私密一些的微博。每个人在朋友圈里都是微博大V，会有各种各样的人通过“加好友”来关注你，你也会去关注越来越多的人。

于是我们就这样成为别人生活的旁观者。同时，也成了被旁观的对象。

4

事实上，打招呼没我们想象的那么难。

这段时间在重温《蜡笔小新》，看的时候总会惊叹这个5岁孩子的勇气、直白与率真。

遇到喜欢的女生，无论身处什么场地、在做什么，他一定会第一时间前去搭讪：“我今年5岁，上幼稚园，没结婚。”“替我的爱情算算账吧，北鼻。”即使搭讪的借口是如此蹩脚。

越是长大，我们反倒越不敢表达自己，常常选择用冷淡来掩饰羞涩和局促。我们加一个人为好友，说明对他感兴趣，这种兴趣大都出于善意。那么加完好友后，只要把这种善意表现出来就可以了。

有时我会往一些群转发推送，也常有人因此来加我。

“你好，我是×××，很喜欢你们写的文章，想认识一下。”

“你好，我是×××，发现这个活动创意很棒，想来和你交流一下。”

奇妙的是，有些人聊着聊着，会发现彼此志趣相投，就这样成了现实生活里的好友。而在这之前，我们也只是并无交集的陌生人。

所以你看，加完好友后，简单地说一下自己的名字、加好友的理由等，并没我们想象的那么让人尴尬。相反，一定的坦白才可能收获他人的好感与善意。

真心希望，那些毫无对话的微信好友看到这篇推送后，能来找我唠唠嗑。

不然连开头都没有，我们的故事怎么发生？

——

生活是很艰难

而且它可能会一直这样艰难下去

多高兴

你现在就已经知道了这点

那么

你需要认真地问问自己——

现在的你

准备前行了吗

等待，等待，等待

1

K 君这几天过得很不在状态。

前段时间，他要到了喜欢的女生的微信，两个人相谈甚欢。但最近几天，女生常常过很久才会回复他微信，甚至开始不回复了。

他开始焦虑，怀疑自己是不是有什么话说错了，却又无计可施。

于是有事没事，他总会掏出手机来看。

但等来等去，依旧没等到那个红点出现。

2

“最讨厌那种不回微信却发朋友圈的人了。”Amy 向我吐槽。

她和 Mike 前两天大吵了一架，缘由就是对方发了旅游的朋友圈，却没有回复她的私信。

如果说有什么让人心焦的事情，等人回复必定会被列为其中之一。

当等待超过 5 分钟时，等待者会开始想：他为何不回复我？是太忙没看到消息吗？

紧接着，如果对方还没回复，内心稍敏感些的人就会陷入自我否定和质疑中：他这么久不回复，是不是我说的话很无趣？还是他已经对我一点兴趣都没了？

所以，很多人与心仪对象聊天时，看到这行字会很开心：

对方正在输入……

这意味着，聊天有继续下去的可能。

3

我等过很多人回复，也被很多人等过回复。

微信现在已不仅是一个聊天的工具，更充斥着各种各样的工作信息。每次打开微信，总会有上百条未读消息。

当惰性战胜理性时，就会丧失阅读的欲望。于是有些时候，我也常会成为那个“发朋友圈不回微信”的人。

以前玩 QQ 时，很多人都很喜欢用“隐身”状态。“隐身”是个很有意思的东西，它的内核和网络意义上的“潜水”一致，简而言之就是：

假装不在线。

到了微信，干脆没有了“在线”“隐身”“离线”的区别，也没有了 QQ 离线时的自动回复。所有人都是在线并隐身的状态。

其实仔细想想，一个人不回微信，无非是三个原因：

1. 没看到

2. 没空回

3. 不想回

前两个是客观因素，等他有空了、看到了自然就会回复了，纠结无用。最后一个是主观因素，纠结更无用。

前阵子，我发现以前认识的一个姐姐好像成了网红，于是前去求证。聊着聊着，当我顺口提到要不要试着合作后，对方不再回复我了。我马上意识到，这是被拒绝了呗。

所以你看，“不想回”里其实就已经包含了所有的答案：

1. 对你这个人没兴趣，不想聊下去了。

2. 对你说的事没兴趣，不想谈下去了。

事实上，我们很多时候之所以纠结，就是因为搞不清楚对方的想法：他到底是没看到、没空回还是不想回呢？但我们永远都无法穿过屏幕去质问那个突然失踪的人。

于是所能做的只剩下：用时间来寻求答案。

4

但等待也不全是痛苦的。

所有的等待都是甜蜜和苦涩兼备的过程。

因为期待回应，所以会感到快乐。而因为不断地失望，才会感到痛苦。

在后台，常有人这样问：“我已经等了一个人很久了，还要再等下去吗？”拉拉杂杂的叙述中，流露出满腹的心酸和委屈。

看上去，等待者和被等待者的地位一直都是不平等的。被等待的人好像掌握着主动权，操控着另外一方的快乐和痛苦。而等待者永远居于弱势，只能伸长脖子等待临幸。

但实际却不是这样——主动权一直都在等待者的手里。

在日剧《朝五晚九》里，男女主约好要去游乐场约会，女主润子却中途改赴另一个喜欢的男生的约。深夜时，润子失意难受来到游乐场，男主高岭依旧等在那里。

润子大为惊讶，并感到无法理解："为什么要一直等不会来的人呢？"

高岭解释道："和你一起去哪里好呢？光想想都开心到不行。想着你什么时候会来呢，等待的时间也很开心。这些已经让我觉得很幸福了。"

一个人等，只是因为他想要等：相比于无力的放弃，宁愿选择看似无望的守候。所以等待，与其说是两个人的拉力赛，不如说是一个人的幻想和坚持。而等待的人，其实永远手握叫停的权利。

某一天我累了，那我就不等了。

现在我还在等，是因为我选择等。

就这么简单。

你能忍受我一辈子吗

1

刷豆瓣时发现关注过的热帖有了新动态，立刻点了进去。

帖子里，楼主的闺密看到她同学 A 小两口去国外旅行了。恰巧她年底有假，便和她老公说也想出去走走。

结果闺密的老公回道:“你看看你的腰，再看看 A 的腰。”

楼主的闺密说，这句话戳到了她，具体也说不清楚，但感觉非常不好。

一个多月后，她闺密离了婚。

2

帖子里的女孩甚至没有争吵，就下决心要彻底分开。

分开的决定，总是由各种受伤的细节累积起来导致的。而那句嫌弃的话，便是一个看似简单却激发决裂的导火索。

感情里最怕不顾及对方的情绪，直接抛出赤裸裸的嫌弃。哪怕是包裹着开玩笑外衣的“损话”，也能让对方敏感地察觉其中携带的情绪，很轻松地就被伤害到了。

人和人交往的过程中有太多陷阱和波折。

可能有时结束一段亲密关系的，并非那些颠覆原则的大事，而是生活里一些看不惯的小龃龉、无法抵消的瞧不上和不经意的嫌弃。

我因为身体不舒服在地铁站里蹲了一会儿，你说太难看了快站起来。

我熬夜刷网站终于买到偶像的演唱会门票，正激动得想跟你炫耀呢，你扔来一句“你怎么跟个脑残粉似的”。

我喜欢玩 B 站、刷抖音，拍了好玩的视频第一时间分享给你，却等来句“就你，还想火？”的嘲讽和智障的表情包。

在日常交往中，每次都会被这些细节戳中。它们像极了一根根卡在喉咙里的细刺，吐不出来，咽不下去。

人和人之间的关系太脆弱了，稍不留意，这些细微的不适感便将彼此淹没，将联结打散。而往往因为都还在意这段感情，彼此都会落于一种尴尬的境地——“嫌弃”的那个人，在反复地包容和忍耐对方中，感觉很委屈；“被嫌弃”的那个人，很难找立场去反驳，否则就会被说太作。

3

对于大部分人来说，避免产生嫌弃的情绪太难，它是人类的本能反应和真实情绪。

有很多人，都是一边嫌弃一边爱着。睡觉时被肥胖的橘猫压到喘不过气，起床后还是会一边撸猫一边帮它铲屎。明明想找个一米八的男友来小鸟依人，却还是为了对方放弃了喜欢的高跟鞋。不喜欢跟人交流，却因为喜欢的工作加了很多好友，把自己磨炼得能说会道。

有很多事，我们可能终其一生都无法赞同。

但因为有了爱，我们可以接受它们的存在。

在日剧《最完美的离婚》里,男主角光生和女主角结夏是“彼此嫌弃”的一对夫妻。

男主角光生喜欢甜食和小动物，喜欢整洁有序。女主角结夏喜欢随意散漫,做事不拘小节。光生嫌弃结夏四仰八叉地占据了床的大面积位置，嫌弃整理好的东西被结夏搞得乱糟糟，而结夏也嫌弃光生的麻烦挑剔和幼稚无趣。

两人毫不掩饰地嫌弃着对方，在一次次争吵中消耗着感情。

一次，光生买了份期待已久的点心，却被结夏的朋友吃掉了。争吵再次爆发，两人在气头上填好了离婚申请书。

离婚后，光生在读结夏的信件时，才真正体会到她的感受:“我没办法协调好很多事，跟喜欢的人在生活上步调不一致，合拍的人却又喜欢不起来。我从来都无法赞同你的言谈举止，却还是喜欢你啊。爱情与生活经常发生碰撞，该怎么说呢，这或许是在我有生之年都无法治愈的顽疾。”

在信件中，两人第一次如此认真地回忆起这两年彼此嫌弃的生活，那一刻才意识到——

即使存在不同，也可以因为爱而接受它们的存在。

他们选择重新在一起。

很多产生龃龉和误会的情况，是可以用“对事不对人”来解释的，但我们很少会用正确的表达方式讲清楚。

歌曲《采花》里唱道：“上哪儿找天生的一对呀？”找到一个百分之百合拍的人实在太难。但找到一个愿意和自己磨合，愿意合理表达真实情绪，并乐意一起面对碰撞的人，还是可以期待一下的。

4

如今很多东西都在变，包括恋爱观。

老一辈的人常说：“以前的人，什么东西坏了就想修。现在的人，什么东西坏了就想换。”

看上去好像是在说，现在年轻人的感情太随便，轻易恋爱，轻易结婚，轻易离婚，不愿意将就。

可仔细想想，会不会是因为我们变得更果断、更敢于直面自己的内心了？选择和另一个人在一起，便注定会有场爱与嫌弃的撕扯。

当爱超过嫌弃时，我们包容、理解，愿意在磨合里牵手前行。

当爱少于嫌弃时，我们不抱怨，坦诚解释出“不合适”后分开。

因为正视嫌弃，我们提前切掉了将会在往后的长年累月中被反复纠结无法解决的矛盾点。

不勉强对方，也不勉强自己。成年人的选择，没什么好谴责的。

我们只是不愿意再付出超出爱的能力范围的力量，去维持一段艰难的关系了。

我们是更随意了吗？不，我们只是更爱自己了。

5

有时候不是害怕被嫌弃。只是害怕那个人，是你。害怕我们之间的感情，会被这些嫌弃消耗干净。我想，你也会有这些纠结顾虑的时刻吧。

或许我也曾说过一些不经意的话，也曾伤害过你吧？我们都是掌控情绪的新手。对于彼此不合拍、不同步的行为，处理得总是不够成熟。

你挤牙膏的方式，乱扔衣服的习惯，说完事情转头就忘的记性，我还是无法认同。

可我愿意学习接受它们的存在。

我们之间千丝万缕的关系，如同一张密密麻麻的网。就算其中断了一两根又能怎样呢？

最重要的是——

我们彼此之间的爱，还正把我们死死地绑在一起呢。

抱歉，这件事从没告诉你

1

前两天我和他发了脾气。发了脾气不说，我还挂了他的电话，又在微信里连发了几段质问的语音。几番口角后，我们开始冷战。

之后慢慢冷静了下来，回头再去听自己之前发的语音——语气无礼又暴躁，透露出浓浓的不耐和戾气。

难以想象，刚才竟说了这样的话。

“你好烦啊，能不能别一句话重复好多遍？”

“我还有事，拜托别来吵我。”

“干吗？……吃过了呀，我还忙呢，挂了啊。”

仔细回想，这些是我对他说的次数最多的话。

无事时，我们基本不联系。即使是联系，通话也总是简明扼要，仿佛汇报工作，一分钟不到就能结束。渐渐地，他好像也察觉到了我的不耐烦。每次简短问候完，不等我开口，就急匆匆地说一声“好的，再见”，然后挂了电话。

“你怎么态度这么差？”不止一个朋友感到诧异。平时相处时，我看上去礼貌克制、温和友善。

是啊，为什么呢？

这个男人……是我的父亲啊。

2

不知道从什么时候开始，和他说的话渐渐变少。一旦靠近一些，就会感到别扭，两个人单独吃饭，也会有些尴尬。即使交流，好像也总是硬邦邦的，没什么继续下去的欲望。

我们对于父亲的感情好像总是很复杂。

他们天生没有母亲懂得怎么去爱人，也不善于去和子女外放自己的感情。

无论是在语文课文，还是在大家的印象里，他们总是一个寡淡的背影。

虽然你知道他有多爱你，你也知道你有多爱他，但在我们和他们之间，仿佛总是隔着一张膜，无形，却破不掉。

3

台湾有一组创意广告，一共 5 个短视频，主题听上去有些俗套：“因为爱，每句话要好好说”。

视频内容也很简单。广告公司以试镜的名义，召集了几个家庭来拍视频，整个过程要求测试者以平常的语气态度说话。

在拍摄中，公司安排了其中的一个测试者假装晚到，让家人给他打电话催他。

电话里传来一个男生的声音，不耐烦地吼道："我就快到了，你干吗一直打啊！"母亲听到抱怨后的瞬间，面容开始灰暗，沉默无言。

电话结束后，摄制组将前面拍摄的家人听到对话后的景象，放给房间另一端的测试者看。那些测试者看到家人的表情后先是惊讶，过一会儿开始落泪。

一个女生哭着从隔间里走出来，懊恼又自责地对妈妈说："我干吗这样对你讲话啊？"

5 个短视频，看完后不自觉地就泪如雨下。

那些神伤的表情如此熟悉。我记得父亲被呛声后的讷讷不语，记得他被拒绝谈话后的沉默无言。我也清楚地记得，在不耐地回答完他的关心后，他默默扭转过头，叹出的那口气。

那些我原先没有注意到的，或是刻意忽略的，慢慢地从记忆的沼泽中浮现了出来。

突然觉得很难受。

4

仔细想想，有很久都没和他好好说话了。

我不说"谢谢"，因为觉得太客套；不说"爱你"，因为觉得太肉麻；不说"对不起"，因为觉得没必要。

因为知道他爱我，所以常常口不择言，也总是攻击软肋。

有时候还会为自己的直言不讳辩护："我不想对家里人都这么假、这么虚伪。"

我以为这是不设防、这是坦诚、这是爱。我笃定他会懂、会谅解、会包容。

所以，当我面对他时，总会不自觉就脱去了那些温和的外套，把最不堪、最恶劣的里衣暴露出来。却没想到，伤害就这样日积月累地产生。

在一档说话节目里，寇乃馨谈到当初因为婚事和父亲发生争执，在电话里顺口答应断绝父女关系，父亲当即被气到住院。

她感到后怕，含着泪说道："并不是我们每一句说出来的狠话，并不是每一个我们伤害的爱人，我们都还来得及道歉跟补救的。"

5

我们总在谈错过。谈与那件心仪的衣服错过，谈与那场想看的演唱会错过，谈与那个喜欢的人错过。

但仔细想想，我们错过最多的，其实是每一个与他们好好说话的机会。

假设父母还能活 40 年，按照每月回家 2 天计算，我们陪伴他们的时间只有 23040 小时，也就是 960 天。

在《请回答 1988》里，二姐德善不满自己总被父母忽视，生气地摔门而去。父亲跑过去开导，并满怀歉意地坦白道："爸爸我，也不是一生下来就是爸爸。爸爸也是头一次当爸爸。"德善感动，遂谅解。

小时候，总是抱怨自己的父亲不像是漫画里的父亲那样知识渊博又和蔼可亲。他脾气暴躁、虚荣心强、斤斤计较，总喜欢拿我和其他孩子比较。

但就是这样一个父亲，高中三年风雨无阻地早起送我上学，担心我填错志愿失眠到天亮，怕我吃亏去学校找老师理论。

我们也不是一生下来，就知道怎么去当儿女的。

在父亲和我们之间像是有一层膜，但其实，只要有人往前走一步，就可以捅破它。

我想往前走一步，所以有了这篇文章。

那你呢？

——

我们之间千丝万缕的关系

如同一张密密麻麻的网

就算其中断了一两根又能怎样呢

最重要的是——

我们彼此之间的爱

还正把我们死死地绑在一起呢

告诉我吧，没关系

1

阿瑶最近一直在忙着准备考研，每天早出晚归。

一天晚上，我回宿舍的时候，她正在打电话，说着说着，激动了起来：“妈妈住院都三个月了，你们现在才告诉我？”挂了电话后，阿瑶转过身，眼眶通红。

三个月前，阿瑶的妈妈因为得了乳腺癌，动了个大手术，家里人怕打扰阿瑶学习，全都没告诉她。直到前两天，阿瑶妈妈基本康复，阿瑶爸爸才跟阿瑶说了这事。

“真的，他们这样太过分了。”阿瑶哽咽道。

2

不由得想起上次家里出事。

当时我爸下楼梯时不小心踩空了，摔伤了腿，要躺在床上几个月。而我知道这件事，是在他康复后的一年。还是因为和我妹闲聊的时候，她不小心说漏了嘴。

打电话给我爸，抱怨怎么不告诉我，却换来一句："哎呀，告诉你有什么用！"

不是这样的。

确实，我没法用超能力让他的腿伤快速痊愈，没法立刻丢下手头的学业飞奔回去，没法站在他旁边握着他的手给他鼓劲。

可是啊——我可以买很多好吃又能补充元气的东西给他寄过去。我能帮忙查找腿伤治疗时的注意事项，一条一条地读透了，挑出来告诉他。我能每天给他打好几通电话，和他唠唠我身边发生的事情，聊聊那些琐碎而有趣的日常。

这一切，怎么能说没用呢？

3

是，我不是医生，也没法变成超人。

但当不可控的"坏事"来临，我可以想尽一切办法，让那些对我来说最重要的人知道：我在呢。我在呢。这一切，怎么能说没用呢？

在《请回答 1988》中有个片段很感人。剧中德善的爸爸东镒在银行工作了一辈子，最后遇到了银行裁员危机。东镒考虑了一天，终于在晚上向妻子一花坦白，自己申请名誉退休了。夫妻俩在第二天吃早餐时，选择把这件事告诉大家。

姐弟仨先是惊讶，随后很快缓过神来，纷纷安慰爸爸，让他趁此机会好好休息。爸爸笑着答应，但脸上还是透露出落寞和不适。察觉到这点的子女们决定为父亲做些什么。德善给家里买了很贵的药，为爸爸妈妈涂指甲，逗他们开心。宝拉用自己赚的第一份工资，给爸爸买了一身帅气的西服。最后，他们给爸爸办了一个热闹的退休仪式，甚至还做了一个感谢牌。

女儿德善站起来读感谢词："作为爸的女儿和儿子，没能说一句暖心的话，没能陪您喝一杯酒，没能先拥抱你，没能说爱你，还有，没明白爸爸那个称呼的重量。所以抱歉又抱歉。

"即便如此，就像毫不吝啬的树木那样，对宝拉是值得尊敬的父亲，对德善是朋友一样的父亲，对余晖是可以依靠的父亲。我们带着那份感谢，赠予您这个牌。"

德善念感谢牌上的话时，爸爸的眼眶红了。

他和妻子感叹，今天悟到了一个道理："我以为叶子掉了，就完了。可是，叶子掉了之后，又结果子。我一时忘了那个，只顾着可惜我的叶子掉了，我没看到的是：虽然被公司辞退了，但是养子女真的很成功啊！"

看上去，成东镒把这件事告诉儿女是没用的——德善他们也并没有帮爸爸挽回工作。

但实际上，正因为他坦白了这件"坏事"，子女们才能做出相应的回应，给他办了一场出乎意料的退休仪式。至此，在全家人的帮助下，成东镒才从失业的痛苦和沮丧里解脱出来，成功度过了这次中年危机。

这一集的所有情节，好像也正呼应了这部剧第一集的最后，德善的一段独白："不管是在大门外所受的伤，还是在每个人人生所留下的伤痕，甚至是家人所带来的悲伤，最终站在我这边给我安慰的，还是家人。"

是啊，我们是家人啊。

4

之前概率论开了个关于后悔的故事杂货店，有朋友留言说：“姥姥走得急，我正好在期末考试，等我回去的时候葬礼都办完了。家里瞒着我，说‘早告诉你也没用’。我没有告诉他们，就算是只能看到骨灰，我也是想的。第一次面对生离死别，却没有好好地告别。即使过去半年了，想到以后见不到姥姥了，还是会忍不住哭。没有能早点回去，是我一辈子的遗憾。”

很多时候，他们选择隐瞒是觉得这样“对我们好”。

可于我们而言，告诉我们这件事后难过，不告诉我们这件事后遗憾，其实都是坏事。而这两者哪个更坏，其实只有我们自己清楚。

对于十岁的我们来说，选择隐瞒，可能是一种保护。

但对于二十多岁的我们来说，选择隐瞒可能已不再是一种保护，而变成了一颗隐藏的炸弹。

确实，如果得知这些坏消息，会让人痛苦。

可如果事后才知道，那种遗憾和无力感所造成的痛苦，却可能会萦绕我们一生。

现在，每次和爸妈通电话的时候，我会在最后习惯性地加上一句：“最近家里还好吗？”

然后，总会得到这样的应答：“没啥事，都挺好的。”

我在宽慰的同时，心里又时常会冒出些不安：他们是真的很好，还是有什么事在瞒着我？这种不安，就像是一粒杀不死的种子，只要播种在心，就很难再抑制生长。它会一直蛰伏在那里，然后，等待着在某个夜晚，破土而出。

所以，不要害怕把那些“不好”告诉我。

前面是刀山也好，是火海也罢——

只要我们能在一起，又能有多坏呢？

我擅长弄丢重要的人

1

周末，蓬蓬和几个老同学聚会。

一群女生从学校里的八卦笑谈，聊到了买房买车的近况。

突然有人插了句：“欸，你们听说了吗，大树下个月结婚。”在一片嘈杂中，蓬蓬立刻捕捉到了那个名字。

心里顿时一紧。

2

读书时，蓬蓬和大树谈了三年恋爱。

毕业后，关于去哪座城市工作，他们商量过、争执过、冷战过，最终还是分隔两地。分开后，各自忙着租房子、找工作、实习，连喘口气的时间也没有。

蓬蓬只能在每晚失眠时，一遍遍在脑海里分析这段感情继续的可能，揣测大树的想法。可越分析越无力，越揣测越绝望，像站在了悬崖边上，摇摇欲坠。

她怕的是，彼此折磨了这么久，拖到最后，还是分开。更怕，大树先说出分开的决定。发烧在医院吊水时，蓬蓬望着很久没联系的对话框，一赌气，提了分手。说完后，她以为自己不会难过很久，不停地安慰自己，这样做是正确的。

结果，用了大半年的时间、掉了大把头发，才走出这场失恋。而所有的努力，都在听到大树结婚的消息时土崩瓦解——她只是做了次逃兵，却不小心弄丢了那么重要的人。

一切都回不去了。

3

不知道你是不是也和蓬蓬一样。

一旦察觉到一段关系可能会有不好的结果，便主动拉远距离，忍痛斩断联结。同时，不断地失去一些重要的人。

被心仪的对象告白，却总担心这种撩是在开玩笑，不敢回应。

状态不好，同事主动关心自己，却害怕打扰她，推辞说没事。

跟新朋友很合拍，有很多话可以说，却害怕被嫌烦，不敢多聊。

活得克制严谨、敏感多疑、小心翼翼。

这样是安全稳妥了没错。可这样，分明像一只惊弓之鸟，一有人靠近，立刻掉头飞走，从没真正和其他人产生深入密切的联系。掉头的那一刻，对于之后的难过，其实也早有预料。

可无法预料的是——

原来他们的离开，远比想象的更让人难以释怀。

4

面对人际关系时，总有人常常充满了无力感。

就像得了“亲密恐惧症”，一次次把人推开后，都感到撕裂般的痛苦，但再来一次，还是不知道如何应对这种亲密的关系。变得越来越擅长弄丢重要的人。

在电影《剩者为王》里，舒淇红着眼睛说：“我就是死要面子，自尊心特别重，我只要一发现，对方没有那么喜欢我了，我就会把这段感情判一个死刑。你说一个像我这样的人，能顺利谈恋爱吗？我配吗？”

太渴望得到，却更害怕失望。于是干脆放弃了喜欢和爱的可能。

不想勉强自己喜欢别人，也绝不勉强别人喜欢自己，各自安好。

当然也会在深夜里，枕着后悔、遗憾和不甘无法入睡，翻看对方的聊天记录和朋友圈，叹息着我们也曾亲密过，止不住地心酸。

然后，暗自下定决心，不要再犯同样的错误了。

可下次，还是会忍不住发怵。像极了一个被火烫伤过的孩子，失去了伸手的勇气。

5

一次次主动疏远拉开关系，一遍遍深陷后悔的深渊。等到回过神认真想想，才发现自己竟失去了这么多重要的人。

在网上看到这段话，像是被说出了心声：“我年轻时曾是一个性格暴戾的少女，把决绝当作美德，搞砸了跟很多人的关系，我爱过的和爱过我的都有。当我想起这些，忽然内心有所震动和钝痛，因为其中也包括了那些我并不愿意失去的人。

“我跟自己讲，往后的日子里，现在存在于我生命中的情感，我再也不能搞砸了，一个都不行。”

那一刻意识到——

遇到过的人越来越多，才发现真正愿意关心自己的人越来越少。留在身边的人变得越来越重要。

我不想也不能再弄丢这些人了。

每一个，爱我的和我爱的，我都要紧紧抓住。

一个也不放手。

——

想把星星装进口袋里拿回家

一颗一颗擦亮

在床头挂上

好像这个夏夜永远不会过完

生活太苦了，我想要一点点甜

“欸，给你推荐部韩剧，特别好看！”午休时，梨子跑来推荐新剧。

“名字叫什么呀？虐吗？”我打开 iPad，准备上网搜一下评价。

“有点虐，讲的是……”我立刻点击右上角关掉网页：“哦，那算了，不感兴趣。”

1

我不看虐文和虐剧已经很久了，怕心累。

以前是年少看虐不眨眼。背着老师在课本下偷看各种虐文虐剧，误会、背叛、失忆、癌症，各种虐心桥段如数家珍。经常被虐得抓心挠肝掉眼泪，难受得好几天缓不过来，咬牙切齿地要给作者寄刀片，发誓再也不看这个作者的作品。

可看完后，又忍不住打开了作者的另一部虐文，看得津津有味。

现在是老来偏爱傻白甜。那种虐心的剧和文连碰都不碰，为了避免踩雷只看完结的高糖分甜剧。越甜越轻松越好，最好不吵闹，不狗血，不打胎。

什么《微微一笑很倾城》《最好的我们》《致我们单纯的小美好》……一刷、二刷、三刷。回回都被甜得戳心，甜得冒泡，甜到露出了姨母笑。

有时候，明知一部剧评分高、剧情好，但一发现剧情有些苦、虐、丧，还是弃剧了。像是同时得了“苦味恐惧症”和“嗜甜综合征”。

2

有时觉得，生活全靠吸纳各种“糖分”来维持运转。

工作常常累得不想说话。一杯甜甜的少冰双拼奶茶吸完后，觉得这一天天还能熬过去。

被找工作、搬家、租房子折腾得没脾气。一顿热气腾腾红油翻滚的重庆火锅下肚后，觉得还有力气坚持下去。

单身到很久没有心脏被小鹿撞得生疼的感觉。

可一部轻松不烧脑的甜宠剧、一台满是帅气小哥哥的综艺、一个可以疯狂舔屏的偶像，就能让差点挂掉的少女心，立刻复活。

在《请与废柴的我谈恋爱》里，女主角美知子是个 30 岁还没钱、没男人、没工作的“废柴”。美知子有次跑去追星，被男主角黑泽逮到了。黑泽质问她怎么又去追星了，真是本性难移。美知子理直气壮地回道:“他是我的救命恩人，他的脸滋润了正在老化的我。”

这些生活里甜甜的“糖分”，看上去好像没什么，可却让我们有力气、有勇气、有动力，过好可能没那么开心的每一天。

只需要一点点甜，一点点。

我们就能感受到“幸福”“爱情”“快乐”等美好又稀缺的词语。

多好啊。

3

好像年纪越大，越不愿意轻易消耗自己的情绪。

以前能好了伤疤忘了疼，哭完后一觉醒来又是条好汉。现在一朝被蛇咬十年怕井绳，再也不愿因为虚拟的虐让自己半夜睡不着。

或许是因为，生活里有太多苦涩和不如意。

我们变得更加珍视自己的情绪——

自觉地回避糟糕情绪的触发点，加强对负面情绪的防御机制，自愈开关频繁自启。然后像蜜蜂一样，依靠本能主动去寻找甜头。效果和吃甜食差不多，大脑的多巴胺神经元被激活，让人产生兴奋、幸福的感觉。渐渐地，对“甜甜”的东西变得更加敏感、上瘾。

现代人大部分时候，情绪是失衡的。

无聊、空虚、沮丧、烦躁占据了一天大部分的时间。自愈开关启动后，失衡的情绪被调整回来。一觉醒来后，我们的电量还能恢复到满格。

打开自愈开关的事情，大多很简单——

第五人格逃脱成功，拍着床笑出猪叫；

小樱终于和小狼在一起，激动到捧脸尖叫；

《经常请吃饭的漂亮姐姐》里小狼狗暧昧地撩姐姐，看得全程痴汉笑。

年龄越来越大，少女心、少年心反而越容易被简单的快乐激活。

4

现在流行的丧文化，常常被认为是年轻人自我保护的方式。短时间来说，这种方法确实有效。但如果一直陷入丧的情绪里，人的状态会变得越来越差。

最近发现，朋友圈里充斥着各种让人“焦虑”的内容。

比如，我们年轻人“被同龄人抛弃了”“被奶茶毁掉了”“被逃离大城市了”“被渣男欺骗了”“被割韭菜了”……忍不住想看,但越看越焦虑。

就像面对一桌菜，偶尔吃点苦瓜对身体当然好，清热解毒。但顿顿吃苦瓜，大部分人早晚会崩溃。

仔细想想，每个人多少都会有些烦心的困境。

但值得庆幸的是，大部分人都擅长从苦涩的生活里寻找一丝甜甜的慰藉。

喜欢甜，说明我们并没有放任自己丧下去。我们不仅擅长想办法治愈自己，还总能成功地哄自己开心。

明天的焦虑，明天再去烦吧。

今天的甜甜，今天要先吃完。

我确实希望你能过得好。

只不过，我不想知道你过得有多好。

所以，很抱歉，

往后的路，我不能再注视着你了。

你要自己好好地走。

对不起，喜欢上你的我不特别了

1

“我是不是变得越来越俗气了？”说完这句话，椰子哭了出来。

一天前，她刚和谢先生吵完一架，起因是椰子看到谢先生和一个女生在各种社交网络里互动频繁，而椰子在朋友那里得知，那个女生是喜欢谢先生的。

“我觉得自己好像那种滥俗伦理剧里的女主，患得患失又不可理喻。”椰子有些绝望地哭着说。

2

在大家眼里，椰子是个不能更酷的女生了。

她不顾父母的反对成为自由插画家，业余时玩摇滚，靠当沙发客游了二十多个国家。她独立，有自己的事业，内心丰富，不会轻易因外界的看法而动摇。谢先生和她是在一次非洲的旅途里认识的，并为她的洒脱和浪漫而痴迷。

但自从和谢先生谈恋爱后，椰子觉得自己就像变了一个人：不止一次地想过要偷看谢先生的手机，嫉妒所有接近他的女生，巴不得每天都能和他黏在一起。

震惊之余，椰子感到很恐慌："太可怕了，我没想到自己也会这么庸俗。"

3

"恋爱"很有意思。

无论是哪路神仙，在踏入一场真正的恋爱后，都会沦为一介凡人。我们不再洒脱，无法轻描淡写。

我们的情绪从此不再属于我们，而被放置在了其他人的手中。因为害怕迷失，我们变得谨小慎微；因为害怕失去，变得面目狰狞。

所以，很多人会在谈恋爱后叹道："他之前明明不是这样的啊。"

有些人坚守阵地，也有人因此退场。

选择退场的人，其实并不意味着不爱了，很多时候是因为，害怕双方都因此而迷失了自我，所以喊了暂停。

在《欢乐颂2》里，曲筱筱在和赵医生分手时，这样说道："我爱你，真的很爱很爱。可是我不能让我家破产，你也丢不掉你的清高。要死的是，我就是喜欢你的清高跟才华，我甚至希望自己变得有内涵一点，我特别害怕你嫌弃我没文化。我觉得如果我们两个再继续这样下去的话，我就不好玩了，你也变得不帅了，我都舍不得。我们分手吧。"

赵医生在听完后叹道：“小曲，其实有时我不如你。”

曲筱筱看得太通透。

因为我们都那么特别，所以才会被对方吸引。但我们在一起后，你变得不像你，我变得不像我。

如果在一起让彼此变得陌生而面目可憎——

那分开似乎变成了最好也唯一的选择。

4

我们喜欢特别，又惧怕特别。

以前和朋友闲聊，她说起自己丰富的感情经历，苦笑道：“每一任男朋友都说我好可爱好蠢啊，觉得我处处需要被照顾，很特别。分手的时候都说，能不能成熟点？我们不合适。”

于是，她越来越怕自己被表白的原因是，“你很特别”。

因为她自己清楚，她再怎么特别，有了喜欢的人，也会变成一个普通的女孩子。

时间就像是一台绞肉机。朱砂痣会变成蚊子血，白玫瑰会变成饭粒子。

我们会害怕，如果那些人因为我们的“特别”而过来，也会有一天，因为厌倦了我们的“特别”而离去。

5

我们在喜欢上一个人时，总会把他幻化成一个美好的样子。

事实上，每个人都要吃喝拉撒、打嗝放屁，也会有坏脾气和臭毛病，以及不为人知的阴暗面和难以言说的伤痛点。

即使在一起后，我们也会小心翼翼地遮盖起粗陋不堪的那部分，不肯展露华服后面的满身补丁。

但其实也无所谓遮不遮掩。不如在一开始，就坦然地告诉他：“没办法，我其实就是这么普通的一个人。那你还愿意继续喜欢我吗？多希望你愿意。”

承蒙你出现，让我喜欢好多年

1

Sasa 收到了一张很精致的结婚请柬。

请柬上写着十分文艺的告白，画着两个相拥着的小人，还附上了婚礼场所的地图。一切看起来都很美好。

只是，新郎是她的前男友阿明。

在一年前，他们也一起遐想过，结婚时，要设计什么样的请帖，要在哪里举办婚礼，婚礼上又要请哪些人。

2

当年 Sasa 和阿明分手，所有人都没想到——包括他们高中的班主任。

他们谈了将近七年的恋爱，从高中考到同一个城市的大学，挺过了早恋的风险，破了“毕业就分手”的魔咒，熬过了两年的异国时光，一起在是否应为Gap year？走过了三十多个国家，却硬是没逃过“七年之痒”。所有人都觉得可惜，当事人倒是释然。

在分手那天，Sasa发了一条朋友圈：“很感谢你这么多年来，陪着我长大。我们一起做过了那么多不可思议的疯狂的事，看过了那么多有趣的奇妙的景色。和你在一起的每一天都很快乐。以前我其实一直不那么自信，也是因为遇到了你，我才会觉得自己如此特别而珍贵。感谢和你在一起的这段时光。那么现在，祝好啦。”

阿明在下面点了个赞。

3

“你知道什么比悲伤更悲伤吗？”在日剧《四重奏》里，谈到莫名失踪的丈夫时，卷姐自问自答道，“比悲伤更悲伤的，是空欢喜。”

很多时候，我们之所以在结束一段关系时会如此难过，是因为我们已经不止一次地畅想过，一个美好的有那个人的未来。

我们想好以后要在哪里安家，卧室得是什么样子，谁负责做饭，谁负责刷碗，早起后得给对方一个吻，不生孩子的话就养条狗。

分开后，那些美好的畅想就一一被打破。并且，这种落差会随着所有琐碎的日常慢慢浮现出来，无奈而鲜明地提醒着：在我们所奔向的未来里面，已经没有对方的身影。

4

事实上，没有人能预知，哪些欢喜会是“空欢喜”。而所有的“空欢喜”

在那个时刻，也一定是真切的欢喜。

那些经过我们生命又离开的人，也往往给我们留下了很多宝贵的东西。

记得以前看有关莫文蔚的一个访谈节目，她在谈到三段恋情时说了这样一段话：“德国男友教会我德文，星仔周星驰教会我品红酒，至于冯德伦嘛，教会我谈恋爱就要开开心心，该记得就要记得，不该记得就忘记。”一段深入的关系的意义正在于此。

它们让我们更深刻地认识自己，并把我们推往从未去过的更好的地方。

就像是蔡康永说的：“恋爱最珍贵的纪念物，从来都不是你送的手表或项链，也不是你传的甜蜜短信或合照，而是如同河川留给地形，你所造成的对我的改变。”

5

“他婚礼我一定要去的。”Sasa 笑着说道，“即使分手了，他依旧是我很重要很重要的人。我不想缺席他生命里这么重要的时刻。”

其实，爱情的流逝并不一定是件残酷的事。

它有时候温柔得不动声色，就像鱼尾纹爬上眼角，温柔地站在眉梢。而我们在那些关系里经历的所有不甘、苦痛和撕裂，大概都是为了找到自己、成为自己。

然后更好地和人相爱。

我喜欢你啊，傻瓜

1

“他不知道，我这几百条朋友圈，都是发给他看的。”小 A 坐在我对面，笑得苦涩。

她喜欢了一个男生快半年，前阵子好不容易加了他的微信。听了朋友的劝说，开始苦心塑造文艺美丽又与之志趣相投的社交形象。

她研究那个男生在玩的游戏，看他在看的书，去他常去的地方，然后准备良久，发出一个相关的吐槽、照片或定位，只允许他可见。而那个男生，偶尔点赞，从不留言。

2

D 君的朋友圈有一个分组，组内只有他喜欢的女生一个人。

他常常会发一些只有那个组可以看到的朋友圈，或是有意思的事，或是自己还比较满意的旅途照片。

“有些事不想告诉别人，只想给她看。”D 君说。

可惜的是，这些本是只发给那个女生看的状态，也常常收不到那个女生的回应。

朋友们都很心疼，D 君总是看似豁达地安抚自己：“我只是想让她知道这样的我而已，她不感兴趣也没关系的。”

3

自从有了分组可见这个功能后，朋友圈被分割成了好多个维度：针对朋友的，针对暗恋对象的，针对工作伙伴的，针对上级的，针对父母长辈的……

这种功能的奇妙性在于：我们可以在不同的人面前塑造不同的形象，而其他人并不清楚。

但令人受伤的地方也正在于此：我为了他几秒钟的注意在用尽全力地摇旗呐喊，而那个人对这一切却一无所知。

于是每一次，发这种“只有他 / 她可见”的朋友圈都像是一场考试。而考官，只有对方一个人。

事实上，没有人不期望在一段关系中得到回应。

所以我们尝试未果后，常会自我安抚：没关系，下次再试试其他的状态，说不定他 / 她就注意到我了呢。即使结果往往事与愿违，也只能把血泪硬生生吞下肚。

不过仔细想想，又有哪一场暗恋不是如此？

4

事实上，很多人不知道，分组可见也可以用来表白。

昨天，嘉子发了一条朋友圈：傻瓜，我喜欢你啊。对，就是你，这条状态只对你可见。

那个男生在朋友圈看到了以后大为惊讶，马上就去私聊了嘉子。在一番互诉衷肠后，嘉子脱单了。

当她在群里跟我们报喜讯的时候，我们既感叹她的创意，又惊叹她的胆量。

“其实也是一种试探吧，如果他对我一点意思都没有，大概也不会来找我了。如果怕尴尬，第二天再澄清一下说上一条状态是在玩大冒险就好啦，反正他也不知道这条状态是只对他可见的。不过我的话是不会再发状态解释了，因为豁出去了吧，也算是给自己一个交代。”嘉子解释道。

群里一阵沉默后，大家默默地发了鼓掌和点赞的表情。

5

“我喜欢他很久了，要告诉他吗？”常有人在后台这样留言。

“人海茫茫，遇到一个喜欢的人多不容易呀，为什么不试试呢？”我看到后基本会这样回复。

道理好像谁都懂，但还是很少有人会像嘉子一样。

我们都害怕错过，害怕被喜欢的人忽视，却往往没有勇气和决心去往前再迈一步，再走一点路。

希望某天，我们都能有勇气对那个人说：“傻瓜，我喜欢你啊。对，就是你。我没有玩大冒险，我是在说真心话。”

——

爱情的流逝并不一定是件残酷的事

它有时候温柔得不动声色

就像鱼尾纹爬上眼角

温柔地站在眉梢

我们没有在一起

1

去年的简单生活节上，奶茶刘若英演出不久前，陈升被人撞见出现在现场。

那场演唱会，奶茶唱了很多老歌。周围的人一边感叹岁月流逝，一边不可抑制地猜测：这是不是唱给陈升听的？

在《欢乐颂》第一季片尾，关雎尔坐在窗前给赵医生写了封新年贺卡："这个世界像个巨大的娃娃机，我隔着玻璃，只想要你。"然而到最后，她还是没有寄出那封贺卡。

我们都想成为敢爱敢恨的曲筱筱，但很多时候却发现，自己其实是那个止步不前的关雎尔。

2

“我们不会在一起的。”May 笑得坦然，又带着些许苦涩。

她和 Jason 是极有默契的一对合作搭档，两个人一起完成过很多项目，一周要见很多次，也会约着看电影、打游戏。所有人都觉得他们是一对，般配得很。 然而并不是。Jason 换了一个又一个的女朋友，May 身边也男伴不断。

这是暗恋吗？ 不算吧。

这是暧昧吗？好像也不是。

他们都把这个当作最舒服又安全的一段距离：“我们很早之前就谈过‘要不要在一起’这个问题，但都觉得不合适。我性格强硬、掌控欲强，他生性洒脱、喜好自由。

“确实，我们对彼此有好感。可与其最后分得可惜，不如不要开始。”

3

“我们最后没有在一起。”如果要挑世界上最让人唏嘘的几句话，这句一定能上榜。

我的脑海里闪过无数个画面，又糅合成这样两个身影：他们看似距离很近、呼吸相通，却仿佛卡在一条线上，怎么也走不下去了。

好像在大部分爱情电影或小说里，“有情人终成眷属”才算是一个圆满的大结局，所有“没有在一起”都能归为悲剧的范畴。

不过仔细想想，如果最终没有在一起，那一定是差了点什么吧？

《花样年华》中，周慕云和苏丽珍在配偶背叛的阴影下，各怀心事地靠近，暗生情愫。

然而，当周慕云临走前问苏丽珍："如果我多一张票，你会不会跟我走？"苏丽珍抛不开家庭和世俗，用沉默当作她的回答。

这世上又哪有什么绝对的喜剧和悲剧？

很多时候，不是非得"在一起"不可才算是最好的结局。

May 和 Jason 成不了情侣，依旧可以彼此支撑、互相陪伴。

关雎尔还没有喜欢赵医生到无法自拔的地步，放下矜持和道德观去大胆追求也许会让她更痛苦。

周慕云和苏丽珍即使在一起，各方的压力也有可能慢慢磨碎两人的热情。

往往"没有在一起"的背后，还有这样一个真相：他 / 她很好，但并不适合我；我很好，但并不适合他 / 她。

而所谓的"不适合"，其实简单而言就是——

和他 / 她在一起后，痛苦增多，快乐减少。

4

人生和演偶像剧不同，感情这事儿不是单单有爱和勇气就可以解决的。

两个人若想走到最后，需要付出时间与精力的成本，要愿意磨合，要坦诚包容，可能还要跨越文化、世俗的障碍，要对抗日复一日的日常琐事。

而当我们发现对那个人的爱不够去应对这些时，我们选择不在一起。

我们不愿意为那在一起的快乐，放弃其他于我们而言更重要的一些东西。

现实中，有很多的李大仁与程又青，也有很多的关雎尔与赵医生，他们有些在一起了，也有些没在一起。而相比于可能会出现的“怨偶”，似乎“没有在一起”的遗憾更让人内心舒畅一些。

最后，送给你一段以前看过的话吧：一定要找到，那个能让你的心静下来的人，从此不再剑拔弩张、左突右奔；也一定要找到，那个能让你的心精进起来的人，从此万水千山、生生世世。

一别两宽，各自欢喜

1

前两天又有高中同学发来消息，邀请绿子去参加同学会。想了一个晚上，绿子还是婉拒了。

从高中毕业到现在，这已经是第八次同学会了。相应地，绿子也拒了八次。原因很简单：她在躲大浪，以及和大浪有关的一切。

2

分手后的第一天，绿子就把大浪拉黑了。

因为和大浪高中同班，她刻意回避了所有同学会，也不进新建的班群。在社交网络上，她还把和大浪关系很铁的朋友们一并屏蔽。

我本以为是大浪做了什么天怒人怨的事。但其实并没有。

他们是和平分手，没有劈腿，也没有谁对不起谁。就是在无数次琐碎的争吵后，两个人慢慢察觉彼此性格不合，无奈选择说再见。

只不过，由于过去的感情太过厚重，绿子和大浪在分手时就约定好，不要再过多踏入对方的生活，也不要有多余的瓜葛。

“如果看到他过得很好，我过得不好，我心里会不平衡。如果我过得很好，他过得不好，我会担心他。那不如不要知道，远远地祝福就好了。”一次聚餐时，绿子这样叹道。

3

以前看过这样一段话，感慨颇深：

你离开了我，其实我不会太难过。让我难过的是，看着你用当初爱我的方式去爱别人。就好像我从未出现过。

人感情的微妙之处正在于此。我们踏过这么多夏日春风，你知道我的掌心有颗痣，我知道你的左耳比较大。我们一直这样掺和在彼此的生命里。结果没想到，突然有一天，我们决定将彼此推出对方生活的轨道。

我知道你会牵起其他人的手，和她相视而笑。我知道你会和她再做一遍我们以前做过的很多事。我知道，这些都是应该发生的。

可是，知道归知道。想到这里，我还是会难过。

因为那个位置上，原本站的人是我呀。

4

记得几个月前，有个朋友失恋，找我们出来喝酒。

她一边哭，一边喝，一边恨恨地说：“我希望他之后碰到的都是人渣。”

大家纷纷附和，是是是，全都是人渣。

没想到，过了几分钟，她又轻声说："但最后，还是让他遇到个好女孩吧……别让我知道就行。"那一瞬，觉得有点心酸。

因为舍不得，才无法接受对方过着没有我们的生活，还过得很好。

因为喜欢过，又希望对方能够过着没有我们的生活，还过得很好。

人生好像总会这样百味杂陈。看似矛盾，却很真实。

5

事实上，不是所有人都能在经历了一段厚重无比的感情后，无比洒脱、心无芥蒂地说："以后婚礼记得邀请我呀。"

真遗憾，有人可能会大度而从容地面对这一切，但我好像不行。即使多年过去，看到你牵着别人的手，我心里的某一处还是会隐隐作痛。

我确实希望你能过得好。只不过，我不想知道你过得有多好。

所以，很抱歉，往后的路，我不能再注视着你了。

你要自己好好地走。

我喜欢的人，换了情侣头像

1

中午吃完饭，随手翻了下朋友圈。刷到白鹿发了条状态，突然留意到，他换了头像——原本那张背影照被换成了张幼稚的小孩插画。

觉得有点眼熟，在微博上搜了一下。果然，是张情侣头像的男生版。

一瞬间，脑袋一片空白，心像被重重打了一拳。

2

一年前，在公司的活动上认识了白鹿。想尽办法委婉地要到了他的微信号，费尽心思去了解他的一切。

他分享了一首歌，我立刻把整张专辑听个遍，只为给他评论句：“另一首新歌也很好听！！”

他转了篇文章，我立刻也关注了那个号，每天在最新的文章下留言，想着万一被他看到了呢？

他发来的每句话，我都在睡前捞出来，颠来倒去地想，暗自分析他是不是也开始对我有好感。

暗恋的人，天生就是出色的侦探。

抓住朋友圈的蛛丝马迹，从细枝末节里，推测出有关他的喜好、经历、习惯。

也正因为这样，才能敏感地发现异常。高冷理性的他，怎么会换这么孩子气的头像呢？

他不会是恋爱了吧？他一定，是恋爱了。

反复揣测着，心像被绞出了一个窟窿，冷风呼呼往里面吹。

这时候，应该保持姿态优雅地退场。就像刮奖时，刮出第一个“谢”字，就应该知道答案是“谢谢惠顾”了。

3

日本有个火爆的综艺节目，有一期的主题是“屋顶告白大会”。

在那期里，一个叫滨本初花的女孩站在屋顶上，对着已有女朋友的暗恋对象大声喊着：“虽然也想过，和你交往的话该有多好。可喜欢你的这份心情，彻底地，想要放弃了。或许什么时候，我喜欢上了别人，到那时，希望你可以为我的恋爱加油。”看到时，瞬间泪目。

其实也不是没想过告白。可没有开始，也意味着，不会有结束。

想着，等一等吧，下次再说，下次再说。

等我变得好看一点，等我变得有趣一点，等我变得美好到不会被拒绝的时候，再站到你的面前：哎，我还不错吧？你要不要试试看喜欢我？

于是，一天天过去了，没说。

一月月过去了，仍然没说。

那样子像极了一个在幕后排练了一遍遍的演员，所有动作早已烂熟于心，离舞台也只有一步之遥，却始终不敢上场表演。

而等到某一天，还在为演出紧张准备时，却猛然发现——

主演已经开始谢幕了。

4

这世上有很多的“失恋治愈指南”，却很少有“暗恋失败治愈指南”。

暗恋失败的人，甚至没法去拍着胸口和别人说，我失恋了，我很痛苦。

开始和结束，全都要装作若无其事，装作什么也没发生。只是深夜里，一个人翻看那个人的社交网站、聊天记录甚至是他朋友的朋友圈时，才能在心里难过地说：“啊，我喜欢过的这个人，没机会再和他告白了。”

因为没有太多深刻的“故事”和“过程”，失去的刹那，痛苦好像也没多剧烈。暗恋失败后的苦痛，就像是被细针扎了后留下的小孔，不至于流血，也不会结疤。

甚至，他恋爱前和恋爱后，带来的影响好像也只是：要多看到另一个人的生活。

其实有时候，“结束暗恋”比“接受失恋”更难。

它存在所需要的条件，只有一个：我还喜欢你。

5

我知道，和你的可能性，只有微小的 1% 而已。

所有的贪、嗔、痴、慢、疑，其实都是我一个人的独角戏。

在想象中，我一步一步地，把你塑造成了一个在身边的、可接近的人。一个点赞、一条评论，甚至一个头像，都弄得我风声鹤唳，惊扰一夜心绪。而实际上，你和我之间的唯一联系——只是互为微信好友而已。

这些，我都知道的。

但你知道吗，因为喜欢你，我才能看着你的照片傻笑这么多次，才能为你发来的一个表情激动到跳脚，才能感受到这么多从未体验过的苦涩，才能如此真切地知道——我那么真实地存在于这个世上。

——

我寄了一封情书

只想你来签收

借我一点好运气

1

睡前刷微博的时候，好友圈里又是一片转发的锦鲤。

哞哞划了好几下，在看到了各种“转发得好运”之后，忍不住翻了个白眼，转头跟我说：“这东西真的能信吗？”五分钟之后，我刷到她的转发，金灿灿的鲤鱼图。

“你不是说不信吗？”我问她。

“明天考民法啊，宁可信其有，不可信其无……先睡了，希望能不挂。”哞哞说。

锦鲤管得可够宽的，要管考试，还要管财路、姻缘。

一边这么想一边顺手点了转发，因为我明天也有个要紧的面试。

2

挺奇怪的吧。很多时候，我们也知道转发锦鲤可能并没什么实质性的用处。但当看到很多人转了以后，我们往往还是会选择转发，因为“宁可信其有”。

之前搜微博，发现有一个和锦鲤有关的账号，近千万粉丝，每一条状态下面基本都有千条评论。

它每天只做一件事，发各种锦鲤的图片。翻了下评论区，发现很多人都看上去诚心满满地一边呼唤锦鲤为“大王”，一边发自己的心愿。

去知乎上搜锦鲤，发现了一个相关的问题：怎么看待各种平台转发锦鲤得好运，有什么影响吗？有意思的是，在这个问题下的很多回答，也都在“求锦鲤”。

“考试考到 80 分以上，找到男朋友。”

“只求这次运气爆棚能逆袭上岸，考上这次的公务员。”

“明天高考，希望锦鲤能保佑我考个 480 分，当然分越多越好啦，哈哈哈哈哈……”

初中时，每到考前，我的各种社交网络也会被一条状态刷屏：转发这条，考试必过。

当时，我同桌的空间里布满了这类状态，我嗤笑她小儿科，她回应道：“哎哟，谁会真信这种东西！也不过求个心理安慰。”对的，也就是图个心理安慰。

看上去，转发后就好像获得了神助，焦虑、担心、彷徨仿佛都少了一些。

这种动动手指就够了、即便不灵验也没什么损失的事情，确实没理由不去试试看啊。

但问题是——

转发之后，焦虑和不安真的变少了吗？

3

我仔细研究了一下自己在看到锦鲤时的一系列想法，觉得很有意思。

看到一个人转锦鲤时，我觉得这很荒谬：什么鬼，这都有人信。

看到第三个人转锦鲤时，我开始好奇：啊，这个是不是真的有用啊？

看到第五个人转锦鲤时，我变得有些焦虑：万一有用呢？不转不是亏了吗？

看到第十个人转锦鲤时，我更焦虑了——

而为了解除这个焦虑，我选择了转发。也就是说，其实，是“很多人转发了而我没转”这件事引起了我的焦虑。我怕落后于人，怕没转吃亏。

但在转了锦鲤后，我也只是解除了“我没转而别人都转了”的焦虑而已，同时来借此暗示自己：我连锦鲤都已经转啦，我已经尽力了。

这就像是一出新世纪的“国王的新衣”。

在童话里，所有人都说，你看，国王的衣服多美啊，多好看啊。

现在，我们又对着各色的锦鲤说，看，转条锦鲤多有用啊，不转吃亏啦。

很荒谬，又在情理之中。

4

《这个杀手不太冷》里有一段很经典的对话：

“人生总是如此残酷吗？还是长大就好了？”

“总是如此。”

大概是因为人生和现实太过于冷酷而无回旋的余地，我们才总会希望能握着一些虚无的希望生活下去。

其实这也并不是什么坏事。

但在无法坚持下去的时候，我总会想起在《来自星星的你》里，千颂伊爆发时无意间脱口而出的：“我今天为了减肥，只吃了半棵洋白菜和苹果！”这句话一点也不花哨，却道出了某种真实。

无数在生活这条路上努力走得漂亮的人，事实上都是一样的：他们放弃了容易的生活，无视了不符合逻辑的幻想，不断压榨自己的身躯，然后选择了一个——

即使痛苦也还是要努力着的人生。也正因为有痛苦，才显得分外真实。失败就是失败，成功就是成功。和我们有没有转锦鲤，没有半毛钱的关系。

只有当我们认清了这种看似残酷的真实，才能有勇气和坚韧，去面对更美好或更残酷的未来。

毕竟，这不容易的人生，也只有一次啊。

“随缘恋爱”时代

1

大学室友樱子来上海出差，中午一起吃饭。

我刚坐下，她就扔出一枚炸弹：“我五一要结婚啦。”还停留在震惊的余韵里，她又扔出一口锅，“你还单身呢！宿舍里就你没对象了。”

扎心了。

大一时，大家都是单身狗，一晃几年过去……说好一起做单身狗的六个人，五个都偷偷脱了单。

“嗯……还没遇到合适的人啊。”我说。

“那你喜欢什么样的啊？”樱子一副准备帮我介绍男朋友的架势。

“长得帅，然后……”我卡住了，说不出更多要求。好像真的从未认真考虑过什么样才是“合适”。对理想对象只有模糊的“合眼缘”这个预期，却成了“我无法恋爱的理由”中最好用的挡箭牌。

偶尔睡前，会在脑海里上演各种小剧场：他大概是什么样子？我们会在哪里相遇？因误会结识还是一见钟情？

自己随意操控主角、场景和情节，像导演一场电影。

这些便是所谓“合适”的感觉——大多都是刚好发生，心动的感觉突然迸发，似乎是天注定我们相遇。看似没什么硬性要求，但恰恰是最高要求。

因为，现实没给我做“编剧”的机会。

办公楼的男男女女行色匆匆，坐在隔壁的男同事我都喊不出名字。

想象和现实落差太大，只好决定“不将就”“再等等吧”。

于是，“没遇到合适的人”变成了别人询问时敷衍的通用模板，偶尔困惑常年单身时的自我安慰。

2

“谈恋爱啊……随缘随缘。”不止一次听到身边人这么讲，把爱情发生的契机扔给东方的月老红娘和西方的星盘丘比特。

可天知道他们要给多少人安排机缘，我们要等到什么时候。

18 岁？28 岁？还是 38 岁？我们等到七夕、情人节变成购物节，“双十一”变成光棍节。等到现在，桃花也没怎么开过，小鹿也懒得撞一下。

可仔细想想，好像也没那么难以接受，因为——自己确实没有为“脱单”这件事情做太多努力。

人生目前首要目标是升职加薪，所以把恋爱需求排在工作之后。没有房子就没有安全感，生日许愿时想要把桃花运换成买房运。

忙时忘记恋爱这回事，闲时只想自己待着放松。朋友帮忙介绍，总觉得别别扭扭。说要自己搞定，却又总不想出手。一旦想要主动时，怕的事情就突然变多：

怕尴尬，怕麻烦，怕被别人觉得掉价，怕被指责轻浮，怕被拒绝。

王啸坤有句歌词说："情愿困在书房，懒得重回沙场。"

我们打着"遇不到合适的人"的幌子，掩盖着不想主动出击的事实。好像坐在家里就会有人来敲门，最好小哥哥还主动报备："你好，你最合适的人到了，请签收。"

3

爱情是件小概率事情，没碰到可能是运气不好。可没买过彩票的人，是没资格抱怨自己从未中奖的。

在日剧《今天不上班》里，青石花笑和小瞳在酒吧聊天。

青石花笑借着别人遇到问题的名义，提出自己的困惑："有个叹息自己根本交不到男朋友的女生，虽然一直说好想交个男朋友，可没法像你一样积极，是个胆小没出息的家伙，都已经 30 岁了，还说尚未遇到理想的男性，似乎很头疼。"

小瞳回答她："我最不能原谅这种人了，什么叫没遇见理想的男性啊？想不劳而获的懒人而已。不愿上战场，不愿付出任何辛劳，却抱怨得不到宝物。你知道这种女人叫什么吗？傲慢！这种女人叫傲慢！"

我们太轻视恋爱这件事了。

潜意识里，我们会觉得，"遇到合适的人"是件一定会发生的事。或早或晚，只要时机一到，无须努力便唾手可得。

可其实，"合适"是双向的，是你适合我，我也适合你。同样，"遇到"

也是双向的，是你遇到我，我也遇到你。

两个都在原地等的人，很难相遇的。

这么大的城市，你从不主动出击，至尊宝就算踩着七彩祥云也很难找到你，还有可能半路遇到一个“程咬金”。

4

也不止一次地想过，就这么单身下去，也挺好的。最起码省事省心，不用顾及其他人的想法，做自己想要做的事情，自己给自己安全感。

渐渐地，变得越来越懒得去认识其他人。

在韩剧《可以先接吻吗》里，200 亿身家的男主孙武寒与前妻离婚后一直保持单身，养了只叫星星的狗，无聊时就用手机玩词语接龙，独居近十年。

直到有次，孙武寒洗完澡后发现门打不开了，手机也没带。

没暖气的浴室变得越来越冷，全身赤裸的孙武寒被冻得直打战。想淋热水取暖，却又恰好碰到小区停水三天，只好裹上所有浴巾躺在浴缸里。四天三夜后，才被找上门的朋友解救，差点丧命。

现代人无论是工作学习还是生活，都蛮拼的，单枪匹马好像也过得很不错。可总会有那么一两个瞬间，我们会察觉到自己的脆弱。会有想要恋爱的冲动，会期待如果有个人在身边该有多好啊。

不管是困难时拉自己一把，还是快乐时分享给他，都会让我们觉得日子变得更好过一些。

所以，如果有想要恋爱的感觉的话，还是要稍微主动一点点吧。

别待在自己的小角落里，别抗拒认识新的陌生人，别逃避回应意中人的好感。爱情并不是从天而降、唾手可得的东西。即使你们之间还有漫长的 100 步甚至 1000 步的距离。

但前面那最重要的第一步，完全可以由你来走过去。

——

无数在生活这条路上努力走得漂亮的人

事实上都是一样的：

他们放弃了容易的生活

无视了不符合逻辑的幻想

不断压榨自己的身躯

然后选择了一个——

即使痛苦也还是要努力着的人生

下一次，我要早点找到你

1

阿岚最近很丧。

她在一次社团活动里喜欢上了一个大四的学长，本想开展一段美好姻缘，但无奈得知那个学长已有了一个相爱五年的女友。

“最近胃有点不舒服，也吃不进什么东西，不知道是不是压力太大的原因。”昨天，那个学长在朋友圈发了一条状态。

阿岚看到后，立马找到了一位学医的朋友，问了相关的问题和解决方法。但最后，她却在和学长的对话框里打字的时候停了下来。“突然之间发现，我没有这样做的资格。”阿岚难过地在群里说。

2

“你傻啊，在他的朋友圈下评论一句‘怎么了？’又不会怎么样！”

阿岚在三人群里说完这件事以后，聂子不解道。

“我怕我回复了以后，就会和他聊起来，和他聊了一次，就会忍不住找他聊第二次、第三次……然后，就会想要和他在一起。”阿岚叹道，“我怕我再靠近他的话，会克制不住我自己的贪心。”

我太明白阿岚了。

“如果我们早点认识，结局是不是会不一样？”很多偶像剧里，女二总会这样哭着对男主念出这句台词。而现实生活里，这种看似俗套的剧情一直在上演。

3

十几岁的年纪，我也遇到过这样一个人。他是我高中的班长，幽默、有趣、帅气，简直是 100 分男生。

我到现在，还很清楚地记得那一天。临近学期结束，全班出去吃饭。我踌躇了很久，准备在那天晚上和他表白。

饭吃了一半时，旁边的桌上传来这样一句：“哎，班长，你既然脱单了，是不是应该给大家发个红包啊？”

起哄声蜂拥而来：“是啊是啊，不行的话来喝个交杯酒啊！”“求红包！单身狗真是没法活了……”大家都笑得很开心，只有我坐在一旁发呆。

那是我第一次知道，何为错过。

4

从高中认识他到毕业，我和那个男生的对话不超过 10 句。我没有他的微信、QQ、手机号，没有他的一切联系方式。迄今为止，我身边都没有一个人知道，原来我喜欢过这个人。

他幽默帅气、体贴有趣，他什么都好。唯一的缺点是：他已经有女朋友了。而他的女朋友——就坐在我的后桌。

曾挣扎了很久到底要不要告诉他，但那时候怕被同学调笑，也怕两个人之间尴尬，从没把这件事说出口。

于是，最令人难受的，不是喜欢他却不能和他在一起，而是，我得小心翼翼掩藏起“我喜欢他”这件事。

我不能和他无缘无故地聊天，不能找借口约他出来看电影，不能在他考试考得不好的时候关心他，不能在他身上停留太久的注目。

林宥嘉在《背影》里哼唱道：“我怀里所有温暖的空气，变成风也不敢和你相遇。”

喜欢上一个“已经和喜欢的人在一起的人”，大概就是这样一种状态吧。

可是，天知道啊。看到你下雨了没带伞，我多想把手里的伞递出去。看到你得了很难拿的奖，我多想冲上去抱住你尖叫。我多想再多看你一眼，多想再多和你说几句话。我多想给你唱歌，多想拉着你的手从白天走到黑夜。

我多想，多想告诉你：我喜欢你。

5

在《一个陌生女人的来信》里，一个喜欢了作家一生的陌生女人临终前给作家写了一封信，把这些年她为他做的一切都说出了口。

她叹道：我始终为你而紧张，为你而颤抖；可是你对此毫无感觉，就像你口袋里装了怀表，你对它紧绷的发条没有感觉一样。这根发条在暗中耐心地为你数着你的钟点，计算着你的时间，以它听不见的心跳陪着你东奔西走，而你在它那嘀嗒不停的几百万秒当中，只有一次向它匆匆瞥了一眼。

我当然知道，喜欢你是一件多折磨人的事。每次想到你，我都要花百倍、万倍的力气去克制住自己走向你。你永远都不会知道这件事，可能也根本记不清我是谁。

我明明连一秒都没拥有过你，却感觉失去了你千万次。

但是啊，再选一次，再选两次，再选一万次。

我还是——

想要遇见你。

所以，如果有一天，我痛哭着跑来找你诉苦，

其实没必要和我说什么安慰的话。

不如把我痛骂一顿，

然后说：“多大点破事儿？给老子站起来。”

我二十出头，没有喜欢的人

1

“可惜我没有可以寄信的人。”光棍节时，我们开放了 24 小时邮局，希望大家可以借此表达出自己的心意，却收到了好多条类似的消息。

“本以为单身最孤独，后来才知道，连个喜欢的人都没有才最孤独。”在前几天关于孤独的推送里，这条留言被顶到了最高处。

然后我仔细想了一下，发现：啊，好像我也没有喜欢的人呢。

2

“我挺喜欢他的，要不要表白？”曾被很多人问过这个问题。

在谈论起那个人时，他们的表情与其说是烦恼，不如说是甜蜜。

当我听完他们拉拉杂杂的叙述后，心里却涌上一种深切的羡慕：可以有表白对象，好棒呀。

作为一个单身20多年的资深单身狗，最让人难过的其实不是没有脱单这件事，而是连一个可以放在心里默默喜欢的人都没有。

有一个姑娘曾和我聊起她单恋一个学长800多天的故事，写了长长的文字来描述他们相识的经过，并在最后说："我打算在第1000天的时候去和他表白，即使被拒绝也没关系啦。"

瞬间觉得，能够坚持这么久去喜欢一个人，即使有苦涩，但是从中得到的温暖和力量会更多吧。

3

在很多电影、电视剧里，都会有痴心付出、不求回报的男二、女二这种人设。

以前看的时候觉得很荒谬：拜托，这世上真的会有这种人吗？后来有过喜欢的人才发现——真的会有。因为"遇到一个喜欢的人"本身，就已经是件很让人开心的事了。

遇到你以后，我才有了可以惦记在心里的人。

看到书里的某个剧情、电视剧里的某个片段，可以自动把你代入，然后想，如果是我们来做，该有多棒！

睡前回放着你的一举一动，会比吃了一顿大餐还满足。

想到能和你生活在一个空间里，都会觉得生活比原来多了一些香气和颜色。

又因为"有人可想""有人可念"，心里仿佛也多了一块温暖的地方。

当我们喜欢上一个人，就像被施了一种魔咒，仿佛世界都变得温柔而令人期待。

而最后“在一起”，其实只是一个额外的礼物罢了。

4

《不能说的秘密》里，女主小雨穿越回 20 年前，喜欢上了同一所高中的男主阿伦，笑着感叹：“我能遇见你已经是很不可思议了。”

事实上，在千万人之间，没有早一步，没有晚一步，能够遇到一个很喜欢很喜欢的人，都是一件不可思议的事。更不要说，能遇到一个你喜欢也喜欢你的人。

所以如果现在，你有喜欢的人却没法在一起，那没什么好难过的——你最起码遇到了这个人。

而如果你和我一样，没有喜欢的人，那更没什么好难过的——正因他还没出现，我们才可以一直有件值得期待的事。

然后或许明天，他就会出现在我们面前。

其实，你根本没尽全力做过一件事

1

上午 8 点半，闹钟响了。

你磨蹭了 20 分钟，不情不愿地爬起了床。

你决定，今天一定要看完半本专业书，把简历好好润色一下，再写两篇心得。

你坐在书桌前，翻了 10 分钟书后，就掏出了手机。

你想，没关系，我就刷一下朋友圈。

结果，这一天，你刷了一个小时的朋友圈，看了三个小时的剧，翻了两个多小时的微博，打了半天的《王者荣耀》。

看一眼时间，怎么又要到零点了？

你觉得很懊恼，开始自责，犹豫要不要熬夜把这些事做了。

过了一会儿，你想想算了，晚上效率也不高，还是明天再继续吧。

于是，你躺到床上，开始玩起了手机。

2

“别难过了，你已经尽力啦。”做的一些事失败后，总会收到这样的安慰。

听到这句话，觉得宽慰的同时，总会有点心虚：我真的尽力了吗？

事实上，仔细回想，那些我说自己尽力了的时刻，好像都不算尽力。

喜欢上一个人时，因为怕被拒绝，所以只敢有事没事点个赞，发句不痛不痒的晚安，却从不去真的表白。

想考上一个好学校，知道数学是弱项，但也只是象征性地上几个补习班，机械地做做补课作业。

希望拥有一份自己喜欢的工作，也只是报名了一些兴趣小组，根本没有认真地去规划和实习。

只是，为了让自己从悔恨的苦海里挣脱出来，也就顺势接受了这样的宽慰。

但在心里那个不为人知的回放室里，每每想到那些虚度的时光，总会有些羞愧，又会莫名感到松了口气：你看，这些其实都是因为我没尽力，才做不到的。

3

在尽力这件事上，我们总是异常地谨慎。

对于很多人来说，相比于失败或努力后失败，更可怕的可能是——用尽全力去做一件事，然后失败了。

这就像是在昭示着：你没天赋的，你不行的，你根本就不是做这个的料。

这种挫败感，远远胜过没怎么尽力而失败的挫败感，并且总会让人觉得，当初用尽全力的自己，仿佛就是个傻子。

于是，大部分时候，我们只是象征性地努力一下，然后就躺平认输了。

但嘴上还是会喃喃着，安抚自己和身边的人：啊，没事，我已经尽力了。

4

几个月前，看了一部很暖也很热血的日剧，名字叫《重版出来》，讲的是一群漫画社的成员努力让漫画“再次印刷”的故事。

主角黑泽是一个元气满满的少女，因为喜欢漫画选择去做了一个漫画编辑，做每一件事都会用尽全力，不管它看上去多不现实、无趣枯燥。

与之完全相反的是销售部的小泉君。他想成为一个编辑，却意外被分到销售部，每天都陷在丧气和绝望之中，销售额时常垫底，因为存在感太低，被称作“幽灵”。

转折点在一次推广的任务。黑泽被派去帮助小泉君销售一本毫无名气、销量惨淡的漫画书。

黑泽主动与书店店员说明这本书的创作初衷和现实情况，希望作者能在这家书店开签售会。为了增强漫画的曝光率，黑泽还向店员提出，在相关的区域设置漫画专栏，以增加二者的销售额。

结果，这本漫画深受读者的喜欢，卖得很火，真的“重版出来”了。

小泉君被黑泽的干劲所感染，叹道：“进入公司已经三年，这三年以来我到底在做什么呢？努力吧！再不努力的话我一生都只会像个幽灵一样生活。”

看到这儿的时候，虽然也并非多新颖的励志桥段，但还是被戳中了泪点。

仔细想想，大概是因为我和小泉君一样，从未体会过“用尽全力”是一种怎样的感受。

我们总会去思考——这件事成功的概率会有多少？它值得投入这么多吗？如果尽力后，还失败，该怎么办？而在这些日剧里，那些我们不敢有的“尽力生活”全都被展现了出来。

在看到主角不顾一切往前冲的背影时，才恍然发现：

原来，用尽全力、不计后果地去尝试，一点也不傻啊。

5

事实上，这世上很少有人能说：这一生，我用尽全力去活了。

大部分人都只是畏畏缩缩、拖拖拉拉地过完了大半辈子，然后在快离世的时候，才遗憾感叹，一辈子竟然就这样结束了。

日本作家中岛敦在《山月记》里写过一段很扎心的话：

因为害怕自己并非明珠而不敢刻苦琢磨，又因为有几分相信自己是明珠，而不能与瓦砾碌碌为伍……

如今想起来，我真是空费了自己那一点仅有的才能，徒然在口头上卖弄着什么“人生一事不为则太长,欲为一事则太短”的警句,可事实是,唯恐暴露才华不足的卑怯的畏惧，和厌恶钻研刻苦的惰怠，就是我的全部了。

事实上，在出壳之前，谁也不知道自己是明珠还是瓦砾。

可是，是明珠还是瓦砾，又有这么重要吗?

关键是，我们这只有一次的人生——

本来就应该用尽全力、半点不浪费地去活啊!

——

在心里那个不为人知的回放室里

每每想到那些虚度的时光

总会有些羞愧，又会莫名感到松了口气：

你看

这些其实都是因为我没尽力

才做不到的

很多时候，我只是假装自己很难过

1

这两天的室友群里，大家在讨论国庆的集体旅行计划。

问到十七时，她一句话回绝了：“之前说好要陪男朋友，去不了啦。”群里瞬间狂呼虐狗。

我挑了个“抱头痛哭”的表情放到群里，顺便截图发了条朋友圈：“这日子没法过了！吃了二十多年狗粮，何时才是个头……”几分钟后，收到了一堆赞和评论。

但仔细想想，好像我也没那么难过。

2

有很多这样的时刻：

半夜里睡不着，发一首很悲的歌到微博，附上一段戳心的歌词。

独自观影后，发张电影票根的照片到朋友圈，附上句评论“为什么要找虐一个人去”。

看上去很丧。

可实际上，也没有表现得那么严重。

有时只是为了发泄空虚无聊的情绪，在表达时，不自觉地放大或夸张地表演了出来。

翻了下朋友圈，发现——

写着“下班来健身房突然被告知老板跑路了，刚办了一个月的卡，站在门前一脸蒙……”的朋友圈，有 48 个赞和 56 条评论。

而另一条“又想喝奶茶了”的朋友圈，仅寥寥几个赞、2 条评论。

好像很多时候，正常的行为很难引起他人的共鸣，而难过、激动之类的特殊情绪，更容易得到关注和反馈。

我们也不自觉地开始喜欢用这样的表达方式去获取关注和理解。

慢慢地，连自己都忘了：我到底是不是这样想的？

3

生活里有太多场合，需要我们把没那么有感触的情绪夸大化，然后表现出来。

有人发了可爱表情，得回复一个比心心。

有人痛哭求安慰，得拍着背说别难过。

周围人因某件糗事而大笑，得干笑两声以显合群。

更让人沮丧的是，这种“装 × ×”充斥在各种人和人的关系里。不只是和不那么熟的人需要这样，和关系亲密的人也同样如此。

朋友失恋，咒骂男友又渣又矬，这时得一起气愤地喷渣男、骂绿茶。

同学聚会，有人吐槽领导奇葩，这时得点头感叹领导都是傻 ×。

男友熬夜看球，兴致勃勃地跟你讲世界杯，最好得表现出很感兴趣想要听他多讲一些的样子。

确实，类似的情绪表达可以让我们收获别人的好感。

但一直这样，就太累了。

没有人能完全体会另一个人的感受，最多也只能设身处地地想象一下，尽量捕获一丝相同的情绪。

“感同身受”这个词的前面，其实永远都加了一个隐形的“尽量”。

4

在知乎上，有这样一个问题：为什么上班都是坐着，还会感觉疲惫不堪？

有个高赞答案是这样的：不管任何工作，只要涉及人际互动，员工都可能需要进行情绪劳动。最操蛋的是，你不光要“假装开心”，有时还要“假装不开心”，老板家的猫丢了，你明明很讨厌宠物，也要努力付出“如丧考妣的情绪劳动”。

发现了吗？

其实有时让人心累的，并不是“做事”，而是“做人”。我们要面对各类形形色色的人，然后根据他们的情况做出各类“情绪上的回应”。但一个人哪能有这么充沛的情感拿来用呢？

于是，久而久之，就形成了一些“套路”的东西。

我们麻木地发“哈哈哈”，麻木地去“抱一抱”。习惯了这种表达，就像飞速行驶的列车，很难立刻停下来。

停下来会儿，就会被人说：“哎，你今天怎么了？好奇怪。”

5

一个问题是：作为朋友，真的就应该无条件地迎合对方的情绪吗？

很多人会担心，如果不去迎合朋友的情绪，会让对方产生距离，把他推远。

但事实上，无论是在影视剧，还是在生活中，很多交往多年的老友，都是“互怼”出来的。

《破产姐妹》里，Caroline 在破产后，因为经济拮据被迫和 Max 一起逛打折市场，逛着逛着，想到自己现在只能买这些打折的鞋子，忍不住哭了出来。

哭着哭着，Caroline 发现 Max 没有上前安慰，忍不住质问：“听到别人哭，你得有点反应啊！”

Max 一脸淡定地回应：“我有啊，我翻了个白眼。”

然后补上了一句很经典的话：“终有一天，你会学会泪往心里流。”

看上去，Max 这样说似乎有点毒舌和不近人情。但事实上，却成功地把 Caroline 从悲伤里拖出来，打断了她毫无用处的自怨自艾。

破产是很可怕。但没有人有义务去承担其他人的负面情绪，每个人都得学会去看清现实，然后改变。朋友应该做的，不是和他一起丧，而是用尽全力把他从那泥潭里拉出来。

所以，如果有一天，我痛哭着跑来找你诉苦，其实没必要和我说什么安慰的话。

不如把我痛骂一顿，然后说：“多大点破事儿？给老子站起来。”

年轻人也要好好休息

1

下午在活动群里，Scorpio 发来一条新闻链接，并 @ 了我，点开一看，又是一个年轻人熬夜工作猝死的新闻。

正心惊时，阿柯在群里说：“昨晚我又两点半睡。”接着一个印堂发黑的表情。

2

越长大，身边的夜猫子好像也越来越多。

之前在晚上 11 点 18 分的时候，我们突发奇想，在平台开放了一个“失眠”的房间。不到 15 分钟，就有一百号人进了群。

“总觉得在考试周不熬夜好像有点说不过去。”

“我知道熬夜不好，但会一边自责一边继续熬。”

“躺在床上睡不着，开始刷片子，越刷越清醒。”

焦虑未来、喜欢夜晚、白天睡得太多……房客们熬夜的原因各式各样。

再反观我自己：忙的东西太多，又有拖延症，处理着处理着就发现，时间不对了。养成习惯后，有时候即使没那么多事，也会刷手机到深夜。

父母不止一次地告诫我不要熬夜，却收效甚微。其实我们都知道熬夜不好。可潜意识里，又觉得自己还年轻，熬熬没关系。

3

《奇葩说》有一期讨论了“死亡”这个话题：“绝症病人要放弃生命，我们该不该鼓励他/她坚持？”选手不可避免地开始分享自身的经历，台上台下都哭得泣不成声。

看的时候，突然想到了自己：“如果我继续这样熬夜下去，是不是也会得绝症？”

然后无法抑制地开始想象：如果我得了绝症，那我的父母、挚友、伙伴是不是也要酝酿，如何在不伤害我、不绑架我的情况下鼓励我？

这个想象，让我感到前所未有的恐慌。

是的，我还这么年轻，熬几次可能无伤大碍。但真正可怕的，是埋藏在熬夜背后的对身体的轻视与疏忽。

在《皮囊》里，阿太说，肉体不就是拿来用的？又不是拿来伺候的。但如果肉身都毁了，又谈何用？

事实上，大部分人的问题在于——

太轻视了这一副皮囊，几乎不去伺候它、修缮它。

4

因为怕死，我开始全神贯注于睡觉这回事上。

然而，本以为会很艰难的入睡过程，并没有想象中的那么痛苦。睡前的那段空白的时间，在起初的不适难耐后，变得舒服而自在起来。

夜色里，我才真正沉了下来，开始审视自己的内心，看到那些被无视的需求。

印第安人有一句很出名的谚语:“别走得太快，请等一等你的灵魂。”

倒过来可能更适合我们: 让灵魂慢一点，等等我们的身体。

每次走到小巷深处

都会有一扇窗透着刺眼的光

夜色里

我才真正沉了下来

开始审视自己的内心

看到那些被无视的需求

你的生活可能也正一团糟

1

最近好像“水逆”了。

各类工作撞在了一起，活动策划案屡屡碰壁，和室友闹了矛盾，喜欢的男神有了女朋友，一逃课就会被发现，新买的流量卡掉在了操场上……

上至事业、情感、学业，下至生活中各类琐碎如鸡毛的小事，几乎没有一件是顺心的。我开始焦虑、烦躁，整夜整夜地失眠。

我感觉自己仿佛陷入了一个无底的旋涡，怎么也挣扎不出来。

夜深人静的时候，有一个声音出现在了夜色中：

难道这就是生活？

“要不是觉得太对不起父母，我可能已经不在这个世上了。”深夜，S在微信上对我说。

为了逃离父母的管辖，她离开家乡，远赴外地读书。但后来，她渐渐发现，自己和周围的同学好像总格格不入，没什么人能真正理解她。

前阵子，她刚刚逃出了一段荒诞如电视剧的地下恋情，现在整个人被抽空一般，宛如行尸走肉。

“我真的感觉挺痛苦的。”S 苦笑。

她厌恶自己，感觉人生无趣，活着实在没什么意思。

2

“我亲眼看着他跳了下去。”Tom 前不久在学校里目睹了一场自杀，现在提起仍一阵后怕。他感到难以置信，一个那么鲜活而年轻的生命，就这样在他面前选择消失。

曾和 Cassy 在撸串时聊过“自杀”这个问题。

Cassy 初中时有一个关系特别要好的女生，她的妈妈患有抑郁症，并在她中考前一个月选择了跳楼。不久后，那个女生的父亲就因为承受不了女方家庭的指责和谩骂，也选择以自杀结束了自己的生命。自此之后，那个女生性格大变，成绩一落千丈。

因此，Cassy 坚决反对自杀，认为这是一种极度不负责任的表现。

难道自杀者不知道这种痛苦和对他人造成的伤害吗？我想大抵心里都是明白的。

3

生活的残酷性可能在于，在日复一日的琐碎生活中，我们终于发现：我们好像没办法得到那样东西，没办法承受那样的痛苦，没办法过上那样的生活，没办法成为那样的人。

于是我们对一切感到失望、沮丧，并在潜意识里，把这种受挫慢慢定义为“宿命”。

我们还创造出了“水逆”这种宿命意味浓郁的词语，一方面安慰自己，另一方面选择妥协。

但仔细想想：这一切当真难以扭转吗？

我认真地审视了自己这段时间的遭遇：“工作撞到一起”是因为我想要的太多却又没分配好时间，“活动策划案碰壁”是因为这个策划案本身就不够打动人，“和室友闹矛盾”是因为晚睡而忽视了别人的感受，“喜欢的男神脱单”是我本就没去争取，“逃课不会被发现”纯属侥幸心理，“流量卡掉在操场”是长期以来神经大条的恶果。

早在 10 年前，王小波就道出了某种真相：人的一切痛苦，本质上都是对自己的无能的愤怒。

很多时候，摧毁意志的不是生活，而是我们自己。我们恐惧自己改变不了命运，掌握不了将来的事情。我们厌倦一场又一场的磨难，以及磨难背后的压力。

而事实上，当我认识到了这一切，认识到了我的无奈、愤怒、抑郁、焦虑以及这背后的原因后，我很快平静了下来。与此同时，我感受到了内心久违的悠然与松快。

我开始有勇气去面对无止境的任务、打不完的小怪兽、乱麻般的生活以及那个不够理想的自己。

海明威说过:“这个世界很美好，我们应该为之奋斗。”我同意后半句。诚然，这个世界有太多的不公、欲望、恶意，但同时，它也把勇气、毅力、互助交到了我们的手里。

可惜很多时候，我们对自己、对别人、对世界都苛责太多，而善意太少。

人的一切痛苦，源于对自己无能的愤怒，也终将止于对自己的理解和拥抱。

4

很喜欢《神雕侠侣》中程英说的一句话:“三妹，你瞧这些白云聚了又散，散了又聚，人生离合，亦复如斯。你又何必烦恼？”

可能，你的生活也正一团糟。但不要害怕，因为这并不意味着你的心也要跟着一团糟。

人的一生说短不短，说长不长。怕什么问题无穷？解决一个有解决一个的欢喜。

不要紧，慢慢走。

走累了，记得停下来，抱一抱自己，再接着上路。

二十几岁的减肥大业

早上拿出了夏天的小裙子，套上后却发现去年可以轻松穿上的衣服，今年穿不上了。含泪发了条朋友圈：“准备减肥了……”

不一会儿，收到些朋友的评论：“一起啊！”其中好几人的头像上有着同样的八个字：不瘦十斤，不换头像。

1

减肥，是整个春天的关键词。

十个女孩里有九个开始减肥，还有一个吃不胖。冬天仗着有棉服遮挡，肆意地吃吃喝喝，现在到了还债的时刻了。

看着购物车里各种花枝招展的小裙子，正式宣布：人生第 N 次减肥，再次启动。年年都减肥，春天最频繁。

对于易胖体质的人来说，减肥这事让人很抓狂。

长肉如山倒，减肥如抽丝。胖起来也就是几顿火锅的功劳，减下去却要折腾好几个月。

更让人头疼的是——你身边那几个瘦成竹竿、怎么吃都不胖的朋友，也嚷嚷着要减肥。

你夸她瘦，她捏着腰上的一点点肉抱怨："你看看，都是肉！"

好吧，女孩子总是这样，都想再瘦一点点。

2

在"减肥"的人生历练上，退堂鼓这门课我可以得满分。

启动计划前，要先吃个"告别餐"。

再吃一次火锅吧，后面就不能吃了。

再喝一杯奶茶吧，接下来要戒掉了。

零食收拾一下分给同事吧，能养胖一个是一个。

最激动人心的是制订减肥计划那一刻，仿佛已经看到了瘦下来的样子。

打开收藏已久的健身操 Insanity，跳了 1 小时，第二天起不了床。跳操不适合我，还是去跑步吧。

操场上，一边躲避着手拉手散步虐狗的情侣，一边数圈，数着数着忘了是第几圈，就换成在心底默念："只要我跑得足够快，肥肉就追不上我。"

路上听到"美女，游泳健身了解一下"，办了第三张健身卡。

去了几次发现，换衣室里洗澡的阿姨比运动的人还多，等跑步机的时间比跑步的时间还长。最让人绝望的是，一个月后健身房老板卷钱跑路了。

一咬牙，买了台跑步机放家里。

这跑步机买得不亏，不仅可以跑步，还可以晒鞋子、晾衣服、晒被子，甚至当作置物架，放快递……

称体重也是件“折磨”人的事。早上空腹称体重，轻了开心到尖叫，重了气得头晕。就这样反反复复折腾着，坚持了好几个月。

但只要听同事问一句：“欸，你最近好像瘦了点？”

值了！

3

即使是减肥经验最丰富的人，也常常被挫败感贴面打击。

因为和自己的身心做斗争，注定是件艰难而坎坷的事情。

计划被各种事情打乱：午餐时间来自邻座同事麻辣香锅的诱惑，午后 HR 小哥哥递来糕点的甜蜜负担，下班后被朋友硬拉着坐上饭局的折磨，加班到大半夜没法运动打卡的挫败……

减肥效果让人焦灼：胖是几斤几斤地胖，瘦却是几两几两地瘦。

一不小心进入平台期，不掉秤不说，有时第二天还重了，要不是没钱，早晚要砸了这个秤。

但对我来说，最大的障碍还是奶茶。奶茶太好喝了，但也太容易胖了。即使是保持健身的周杰伦，前段时间也因为喝奶茶变胖上了好几拨热搜。

如果你很喜欢一样东西，克制对它的欲望非常难。

就像演唱会结束后，周杰伦接受采访时放言：“最近开始健身，因为大家不想看到大叔的演唱会。现在唱完了，又可以放松了。太开心了，等下庆功宴，准备十杯奶茶都喝掉。”

看，我的偶像都在带头喝奶茶，我为什么不能喝？

于是，每次一边发誓：“我，就算是从这里跳下去，也不喝奶茶了。”

然后抱着半糖去冰的焦糖布丁奶茶，光速打脸："啊！怎么这么好喝！！"

减肥时，多的是这种诱惑。越是擅长抵抗诱惑的人，越容易减肥成功。没抵抗住的可能没瘦下来，但也吃得很开心。

4

有时想想，减肥就是用一种幸福去换另一种幸福。

能吃喜欢的东西，太幸福了。

海底捞里塞肉的面筋、弹牙的手打牛肉丸，奶茶里爽滑的布丁、软糯的珍珠，星冰乐里甜滋滋的巧克力碎和清凉的冰沙……

生活里有再多烦恼，吃点东西立刻疲惫全消。

瘦下来的感觉，也太幸福了。

夏天马路边，穿着清凉的吊带裙，高跟小凉鞋，纤细的手腕脚腕，风一吹裙摆摇曳，连映在墙上的影子都很瘦。

不用担心坐下来被游泳圈怼着，不用害怕走路大腿摩擦到发红。

不管你选择哪一种幸福，有勇气追求喜欢的东西，有勇气承担对应的风险。

能真心享受自己的选择。

足够了。

——

想有一个人

和我一起慢慢变老

有时候觉得自己挺糟糕的

1

“估计又砸了。”白粥出了托福考场后，在闺密群里很丧地说。

她本科读的生物专业，热衷于做实验和研究，想要之后去美国深造。可惜的是，考了五次托福，全都没到心仪学校的分数线。

白粥觉得自己很对不起父母。

他们也不过是工薪家庭，支持她出国已经很不容易，现在花了这么多的时间和钱在这件事上，结果却还这么让人失望。

“我实在太差劲了。可能当初就不应该选这条路。”白粥难过地说。

闺密群里的女生都劝白粥，你已经很努力了，没必要这么苛责自己啦。

她这段时间白天做实验，晚上背单词、刷题、听磁带，每天只睡四个多小时。大家都看在眼里。

白粥苦笑道：“那都是假象呀。”

看上去白粥好像一直坐在桌子前面看托福，但事实上，有很大一部分时间，她都在发呆、刷社交网络、打小游戏。

自从前三次很努力复习却失败了以后，白粥就很难再全身心地投入这件事里面，潜意识里一直觉得自己下次还过不了。

让白粥感到最糟糕的，不是她这几次成绩都不够好，而是她现在已经渐渐丧失了继续下去的动力。

仿佛一切都不会再变好了。

2

以前在网上看到过一句毒鸡汤：有一种落差是，你配不上自己的野心，也辜负了所受的苦难。

膝盖隐隐作痛，像是中箭了的样子。

想一想，我们总是在每一件事的开始前都对自己抱有那么大的期待，最后都以失望落空。

以至于我们开始否定自己。并在否定自己里，寻找到一种“自我矮化”后的安全感——反正我已经这么糟糕了，一切都不会变好了。

不如，就这样吧。

3

当我们放弃努力后，真的能觉得好过一些吗？

记得以前，遇到问题的时候，曾试过什么也不做，就平躺在床上。每天只有三件事：睡觉、吃饭、上厕所。

原以为会在这种自暴自弃式的逃避里，获得很大的放松和慰藉。

但事实上，情况并没有好转。

那段时间，我反而越来越焦虑，内心饱受煎熬。

就像是昆德拉在《生命中不能承受之轻》里说的：我们常常痛感生活的艰辛与沉重，无数次目睹了生命在各种重压下的扭曲与变形，“平凡”一时间成了人们最真切的渴望。

但是，我们却在不经意间遗漏了另外一种恐惧——

没有期待、无须付出的平静，其实是在消耗生命的活力与精神。

于是，有人选择在平静里爆发，也有人选择在这种平静中死去。

4

纪伯伦写过一首很有趣的诗，名字叫《我曾七次鄙视自己的灵魂》。

前面六次都很戳人：

第一次，当它本可进取时，却故作谦卑；

第二次，当它在空虚时，用爱欲来填充；

第三次，在困难和容易之间，它选择了容易；

第四次，它犯了错，却借由别人也会犯错来宽慰自己；

第五次，它自由软弱，却把它认为是生命的坚韧；

第六次，当它鄙夷一张丑恶的嘴脸时，却不知那正是自己面具中的一副。

但最可怕的，其实是最后一次：

第七次，它厕身于生活的污泥中，虽不甘心，却又畏首畏尾。

其实我们都知道的。

很多时候，我们不是真的没能力做成某件事。

自始至终，真正能阻挠我们完成这件事的，只有我们自己。

而“失败”则意味着，在“向前的自我”和“退缩的自我”这场拉锯战里，“退缩的自我”占据了上风。

这听起来很让人难过，但并没什么好沮丧的。

仔细想想，我们的人生正是由无数次这样的“自我斗争”构成的。

没有人能在每一场战斗里都获得胜利。

这一局输了没关系。

但下一局，你可以赢。

无须在意的一些人

1

不久前，小 K 来讨论组里哭诉。

她发了一条关于脱单的活动推送到朋友圈，结果一个平时没什么交集的女生突然出现，在下面评论：“想脱单想疯了吧？人丑就该多读书。”

小 K 感到憋屈，又不知道如何回复，于是来征求我们的意见。组里顿时炸开了锅。“回她，那你多读点书吧。”“这样说，我之后推荐你几本书。”“《你以为你以为的就是你以为的吗？》。”“回她一堆迷之微笑。”大家气愤地七嘴八舌说起来。

突然，W 出现，说了一句：“管她咯，狗咬你你还要咬回去吗？”

话糙理不糙。小 K 犹豫了下，没去搭理对方。

2

生活里这样的人太多了。

你发一条读书摘要的朋友圈，会有人说：“又来装 × 了。”

你在团队里积极做事，会有人说：“这个人太跳了，不就是想升上去吗？”

甚至你力所能及地帮助别人，还会被说：“处事圆滑，心机太重。”

在人群中，你的语句、行为、初衷会被折射成千奇百怪的样子，反馈到其他人的耳里。

在进行反思后，你常觉得，自己好像没他们说的这么不堪。你当然可以选择站出来，去解释、反击，捍卫自己的权利。但更多的时候，其实只要把那些闲言碎语忽略掉心情就会轻松不少。

3

从攻击中，你也可以看出一个人的本质，看到你和他们的差异之大。

在有些人的观念里，我就是人间正道、世间智者，凡是和我想的不一样的都是邪魔外道，都是错的。一般来说，有这样观念的人都片面而偏激。他们抗拒接受和自己不一样的人，抗拒接受事情的走向和自己希望的不同。

而这所有“喷”和“撕”的背后所隐藏的，是无知和愚昧。

看《欢乐颂》，记忆最深刻的是安迪面对无理取闹的邱莹莹时，关上门后说的一句话：

“不与傻瓜论长短。”

这句话短小精悍而又包罗万象，在生活里的应用场景实在太多了。各种无意义的争吵、抬杠，无不可以用这一句话来回应。

之所以没必要和他们去争论，原因则在于——他们根本不会听。

越长大，你越会发现，世界上有些人，他们的思维方式和你完全不一样。这种思维方式的不一样透露出的其实是三观的不一样。所以无论你怎么费尽心力地和他解释、争论，他都无法接受或包容你的想法。

怎么解决呢？拉黑或者屏蔽，简单有效。

4

但有些时候，没法这么简单就处理得掉。

有这样一类人，他们不只是单纯地发泄，还急切地想要通过你的愤怒、驳斥等回应来寻求存在感，所以他会对你进行持续不断的恶意攻击。

朋友圈、微博、QQ 空间……

他会在一切可以被人看到的平台上传播这些负面评论，而且还有可能会感染并发动身边的人一起群起而攻之。

那要怎么办？其实沉默依旧是最好的处理方式。

因为相信你的人依旧会相信你，不相信的很多情况下也只会越描越黑。

如果他已经造成一种对你产生伤害的舆论，或是进行强烈的人身攻击，那不要犹豫了，站出来，掷地有声地在他攻击你的平台上回应一次。

但千万记得，你不是在向他回应，而是告诉大家：他在扯淡，信不信由你。

而归根结底，那些从背后飞来的箭之所以可以射中你，是因为你和那些射箭人的距离还不够远。

与其浪费时间和他们纠缠不清，不如一门心思地往前跑。

然后把他们甩到够不到你的地方就可以了。

25岁以后，就交不到朋友了

1

周末，圈圈刚掏出地铁卡，就收到了栗子的电话：“抱歉啊圈圈，突然有个急事要处理，咱们下次再约好吗？”

圈圈听到连忙回道：“没事没事，正好我还没出门呢，你去忙你的。”

挂完电话，她愣了会儿，翻了一下通信录。

“算了，还是回去睡觉吧。”随即转身出了地铁。

2

一个月前，圈圈来到一家互联网公司做运营。

刚进公司，栗子热情地给她介绍了很多工作重点和细节，还帮着从她第一份运营方案里找出个大漏洞。

圈圈很感激栗子，也想结交这个朋友，特地约她周末吃饭。没想到被放了鸽子。

说不失落是假的，但很快，她就释然了，毕竟她们也只是同事，不是朋友。

在上一家公司，圈圈和团队的几个女同事不仅工作上配合默契，私底下还拉了个小群，一起逛街吃饭，自称为“单身姐妹花”。可圈圈离职后，小群就渐渐沉到了微信底端。

成年人的友情好像就是这么单薄而脆弱。

即使关系再好，只要换了一个新的环境，就会轻易地失去了交集。

3

在网上看到过一项有关社交的研究成果：

人在25岁时，社交圈最广。25岁后，社交圈将逐渐缩小。25岁是人们发展新的人际关系的终结点。

好像真是这样。

越长大，越少有精力和时间去经营一段关系了。

不会争吵流泪再和好，不会深夜聊着日常趣事或陈年伤痛，更不会在失恋时被拉出去喝酒散心。

于是，“老朋友不知道新情况，新朋友不了解旧脾气”。挨过了毕业分离那场暴击，步入社会后的“不再联系”只是间歇性掉血，过阵子就忘了。

对老朋友日渐退出自己的世界慢慢熟悉，对认识新朋友也很少再抱有期待。

最后，变成了一个独来独往的社会人。

4

我们对于朋友的需求好像在日益降低。

上学时总喜欢扎堆，结伴跑去 KTV 唱通宵，觉得每个人都是新鲜的，世界很值得探索。慢慢地步入社会后，却开始抵触各种局，抵触各类 social 性质的社交。精力没有以前旺盛，迪蹦不动，酒喝不了，熬夜还要吞两片维生素以防脱发。偶尔的同学聚会，回忆聊完后也好像只剩下尬聊。

“朋友”越来越多，真心的却没几个。

越来越赞同博主“2 吉不二”的想法：我多数时间喜欢一个人待着，很多情绪都能自我消化，我曾经觉得世界这么大，懂我的人却那么少，后来才慢慢明白，不是懂我的人少，其实是我不想被人看透。我天性乐观，骨子里又透着悲观。怎么说呢？对一切都看得很开，又把自己裹得很紧。

我最大的安全感和舒适感，来自和这个世界保持一点距离，对所有人礼貌、客气和体面。你们有时候会不会觉得，交朋友、维护感情、人际来往，是一件很麻烦的事？我怕麻烦。

与其在朋友圈子里找存在感，找回应反馈，还不如独处来得轻松。

5

25 岁。

一个“游荡在两个圈子”的特殊时期。

不再有学生时的无忧无虑，也没有成家立业后的安定稳健。像是人生的“后青年时代”。

在《需要浪漫 3》里，女主珠妍是一个工作了 9 年的电视购物编导，敏感尖锐、自私冷漠，经常会严厉地责备自己小组的组员。

她一直觉得，同事之间能维持表面上的和平就够了，一点都不相信职场上能交到朋友，并声称：“除了我，都是别人。”

但在一次竞争对手挖人时，她的下属们却没有选择离开，反而坚定地站在了她身边，和她一起成功打了一场翻身仗。

结束了项目后，珠妍想要对组员们道歉，却没法说出口。其中一个被她严厉呵斥过的下属主动上前，笑着对她说：“你知道真正帅气的关系是什么吗？比起我是多好的人，应该是我拥有多么铁的关系。”

申珠妍感到很惊讶的同时，很受触动，久违地向别人发出了好友邀请：“要跟我，做朋友吗？”

步入社会，很多人都变成了珠妍。

在经历了一些伤害和失望后，我们催眠自己说：我已经有能力承担住、处理好、化解掉自己的各种情绪了。我不用再像个孩子似的，处处都依赖朋友了。

我们认为自己已足够强大，需要的是理性和专业，唯一值得关心的只有自己。

但实际上，在任何一个地方，都没有人能单打独斗地走下去。我们需要陪伴、需要帮助、需要朋友。

真正的成长，绝不是拒绝一切帮助。而是明白自己的强大和弱小，明白他人的重要性，并在经历了无数次失望后——

依然选择张开双手，给出拥抱。

6

欧洲一项电话研究数据显示：我们最终，只能与 5 名朋友保持亲密关系。所以，可能并不是到了社会，就很难交到朋友了。而是，要交到一个可以交往一辈子的好朋友，本来就很难。

就像是动漫《我的朋友很少》里的那段台词说的：

这世界上有 70 亿人，

其中能和谁相遇是命运安排的，

而且在这些人之中，

彼此能够成为朋友更是奇迹中的奇迹。

即使交不到 100 个朋友也没关系，

去认识一位值得百倍珍惜的朋友吧。

——

真正的成长

绝不是拒绝一切帮助

而是明白自己的强大和弱小

明白他人的重要性

并在经历了无数次失望后——

依然选择张开双手

给出拥抱

讨好型人格生存指南

1

一上午，鱼子总觉得同事西西脸色不太好。

她仔细翻了下和西西的聊天记录，忍不住揣测着：难道是因为昨晚回她消息太晚了？还是因为其他事情不开心？要不……中午买杯奶茶安慰她一下？

“走走，到饭点了。”西西像往常一样笑着约她一起去吃饭。

鱼子心里的石头这才落下来。

2

从小被教育要懂事，要看得懂别人眼色，多为别人着想，才能讨人喜欢。长大后，人际关系成了道只会用察言观色和“对别人好”来解答的难题。

有时觉得工作和学习虽累，但总不及处理人际关系累——要照顾别人的情绪，要关注聊天气氛，还总担心自己会不会麻烦或伤害到别人。

同理心是个好东西。可“同理心过剩”却很容易让人就变成了“讨好型人格”。因为太感同身受，所以总能敏感地察觉、体会并放大他人的情绪波动。因为太害怕被拒绝、被伤害，所以很难做到去拒绝、去伤害别人，只好去迎合对方。得到的好感越来越多，对别人好就变成了件理所当然的事。

帮到别人时，看他们开心也跟着开心。

帮不了忙时，会忍不住内疚好一阵子。

当照顾他人的情绪和自己的真实需求发生冲突时，内心挣扎的结果，往往是牺牲或者阉割自己的需求，用满足他们来换取好感。

渐渐地，我们深陷于“讨好—被爱—讨好合理化—继续讨好”的循环里。

3

有时即使私底下气愤地偷偷吐槽一万遍，委屈地暗自哭过一百次。可在现实里，还是几乎没跟别人吵过架或发起过争执，忍着就好。

最强烈的反应，也只不过是小声埋怨两句，然后叹口气说：“算了算了，就这样吧。”

我们变成了一个没情绪的人，丧失了跟别人发生冲突的能力。

蒋方舟在被采访时说：“我因为太希望别人喜欢自己了，而变成了一个谄媚的人。”

她在节目《圆桌派》里，总是习惯性地去接其他几位老师的话题，做一些辅助性的延展，却很少去反驳。在独立阐述自己的观点时，也显得有些不够自信。

这样的后果是什么呢？

我们越来越像电影《被嫌弃的松子的一生》里的松子。

松子总是不停地做鬼脸去讨好父亲，取悦他人。自己却一点都不快乐，过得很辛苦。

她的侄子说："要是世上真有神，就应该像姑姑这样，取悦别人，可以让人打起精神，可以爱人。但是她自己却总是浑身是伤，总是孤独。"

我们擅长照顾别人，总能获得很多喜欢。

我们是别人眼里的元气少女、开心果，好像永远没烦恼。

可一旦背对人群，表情就垮掉了。只能带着一身的伤，"白天做人，晚上做自己"。

4

虽然平时照顾别人的情绪挺累的，但这至少让我维持了还不错的社交关系。

直到偶然一次，听到我一直很照顾的朋友评价我是"圆滑世故"和"谁也不敢得罪"。

在那之后，我突然明白了一些道理：我对其他人的好，或许他们并不需要，牺牲和委屈换来的自我感动是无意义的。违背真心说出的安慰的话、做出的事，因为失去原则和真实，换不来想要的东西。

我所维系的那些关系，大都是些纸牌搭建的房子，风稍微吹一下就摇摇欲坠，几乎塌陷。

有时我们习惯用“对别人好”来换取他人的好评，却忽视了在不同的社交关系里，评价我们价值的标准是不一样的。

领导评价你的关键标准，是你的工作能力和意愿。

朋友认可你的关键标准，是三观合适、人品认可。

恋人喜欢你的关键标准，是荷尔蒙匹配、灵魂契合。

在任何一个正常的社交关系里，会讨好别人绝对不是评估价值的关键标准，更不是维持关系的关键要素。

无论是什么关系，仅仅依靠一方的讨好和牺牲是很难维持的。坦诚分享彼此的想法和需求，找到共同都能接受的方法，才能更长久。

5

总觉得现在很多人，都不敢露出自己的真实情绪。

明明想拒绝、想生气、想争取，但因为害怕被讨厌，害怕造成糟糕的局面，选择默默忍下去，或违心说“没问题”，无限制地扩大自己的忍受边界，降低自己的原则。

活得很累，一点都不自由。

如果想要做出改变，就必须主动去面对、去学习这些难题——

学会尊重自己的真实情绪和需求。

学会拒绝。

学会生气。

学会被讨厌。

在《被讨厌的勇气》里，有一个经典的“熊孩子和草莓蛋糕”片段：面对吵闹着要吃草莓蛋糕的熊孩子，女主角兰子直接买走了自己想吃的最后一块草莓蛋糕，让排队的顾客们大惊失色。对于这样不在乎别人眼光的人，她的刑警搭档青山很困惑。

青山是一个不想被人讨厌的人，在和心理学教授大文老师会话时，教授对他说："活在这个世上，努力做到不被别人讨厌，这其实是很简单的事情，因为你只需要伪装自己，去妥协、去放弃就可以了。但是明知会被人讨厌，却还要坚持自己的人生道路，这是很难做到的。直面自己的内心，不在乎他人的眼光，绝不去编造谎言，这样的活法估计很多人连一天都坚持不下来。但是阿德勒告诉我们，必须有实践这种人生的勇气，这也是让人获得幸福的勇气。"

你看，这确实很难，我自己也在慢慢学习。但我希望你别怕。

为别人付出你都能做到，还怕做不到为自己付出吗？你对别人来说可能没那么重要。同样，大部分人对你来说也是如此。

别管那么多了。

你才是最重要的。

流星很快消失不见

脚边的鲜花

却悄悄绽放了

在不断的探索、矛盾、痛苦里，

我们才慢慢学会了怎么去

表达爱、付出爱、索取爱。

谁也不知道爱情的公式是什么。

总有一个人，无法忘怀

不能对生活失去热情

1

“算了，太麻烦了。”这是 A 君说得最频繁的一句话。无论是比赛还是恋爱，他基本都用这句话作为回应。

他才 20 岁，却像一个临近薄暮的老者，分外木然地看着身边的一切，心无波澜，全无热情。

不只是 A 君。

大学的几个假期，一开始的狂欢过后，我和周围的人沮丧地发现：暑假、寒假其实也没什么好，太无聊了，什么事也不想做。

即使意识到了哪里有些不对劲，我还是浑浑噩噩地过完了整个假期。但即使天天吃喝玩乐，我却并不觉得有多开心惬意。相反，我感觉自己越来越焦虑，甚至开始失眠。

这让我不由开始思考：是不是哪里出了问题？

2

紫菜之前在准备雅思的考试。

她高考失利，在一个非“985”“211”的大学里念书。刚进大学，她和她的父母就订了出国的计划，打算靠着出国考研换一个文凭，给自己的履历增加一些含金量。

她每天都埋首于各类词汇书和试题卷中，疯狂地复习刷题。

我鼓励她去看些轻松的小说、出门运动一下、和人约个下午茶、去做点有意思的事情放松一下，都被她拒绝了。

昨天，她在微信上找我聊天，说自己好像对什么都失去了兴趣，感觉生活太没意义。她在发现不对劲后，也试着去做一些和学习没关系的事情，但都徒劳无功。

“大概我潜意识里觉得，不背单词、不刷题库就是在浪费时间。”紫菜苦笑道。她只能又去刷题、背单词，却毫无效率。

就这样，她陷入了一种仿佛无解的空虚中。

3

每次遇到 Mike，他总是一副睡眼惺忪的样子。

他没有加入什么学生组织，也没接什么兼职，但常常会连续熬几个通宵，去学校旁边的桌游室打麻将，翘课对于他来说是家常便饭。

我原以为他应该很喜欢打麻将。但他眯着眼睛告诉我：“其实也没多喜欢，就是打发时间罢了，其他的都提不起劲来。”

谈到未来，他打算随便接受一份家里人安排的工作，然后相个亲，合适了就结婚。

4

A君、紫菜、Mike。

他们看似迥然不同，却又有着一股惊人的相似。

即使每天穿梭于车水马龙之中，他们也仿佛在心里给自己画了个圆圈，就在这十厘米的地方兜兜转转——看似一直在走，却怎么也走不远。

在后台曾收到这样一份留言："……来到大学后有过一点小小的激动，但渐渐感到这样的生活不是我想要的，无论是周围的人还是事儿，很少有让我充满斗志与激情的。在这里几乎找不到志同道合的人。决定以后考研，但很多时候却仍然很迷茫。觉得我的青春不应该是这个样子，可我现在又不知怎么办。"

在结束了高考后，我们看似得到了解放，实则进入了一种尴尬的境地：我们不怎么想奋力往前走了。或者说，我们常常不知道要往哪里走。

在没有了统一答案，没有人拿着鞭子在我们身后抽打后，我们丧失了往前迈步的动力。

书看不进去，剧刷到麻木，游戏也越打越没劲。我们内心就像有一个巨大的窟窿，贪婪地吸食着我们的激情和决心。我们既觉得人生充满未知值得去探索，又深感世界一片虚无。

于是，我们用懒散遮掩追求，用忙碌解决空洞，用娱乐填补空虚。

我们既不想被世俗的成功学捆绑，也疲于去寻找内心的热情。

5

20 岁。

看起来就应该如春花般灿烂。

在 20 岁的年纪，我们处于一种深切的混沌状态里。一方面，我们的三观还未完全树立，阅历也没完善。另一方面，我们又急切地渴望能够了解这个世界。我们不知道自己能做什么，也不知道自己能成为谁。

于是，我们如饥似渴地上知乎、打游戏、看小说、刷综艺，我们进形式各异的组织。

但当我们真正孑然一身地来到了世界的大舞台后，却惊愕地发现——这里并没有想象中那么美丽。

在知乎上有一个问题：年轻人该做什么像年轻人的事？

有一个高赞答案里这样写道：最重要的就是，我能去做到，既然我想要，我就去做啊！我年轻所以我不怕失败，时间我有，父母正值盛年，而我的孩子还没有出生，我的丈夫或许还在别人的怀抱，而我这个时候就是自由自在、无拘无束。

去尝试，去探索，去发现。

我深知，这世上一定有一件事是我喜欢、擅长并可以持续做下去的。

那么为什么不去试试呢？

也许到头来，我们走了一夜的路去大海边看日出，最后也没看到。但最起码，我们曾经在寻找的路上。

你最近还好吗

1

西西和小飞大半年没联系了。

昨天晚上，西西突然收到一条她的微信："跟你说一件事儿，我得抑郁症了，打算休学回老家待一阵子。"

接着她还安抚性地加了一句："不过还好啦，轻度，好好调养一段时间就行。"

一瞬间，西西的脑子一片空白，不知道要回什么。

2

小飞是西西初中时处得最好的一个朋友。

她个性开朗，和西西有很多相似而默契的地方。那时她们发生了屁大点事都会告诉对方，即使后面到了不一样的高中，也会定期约出来见面。

但到了大学后，随着小飞和西西忙的事情与日俱增，她们的联系越来越少，渐渐只是通过朋友圈了解对方的近况。

“我根本没想到，和她隔了这么久聊天，竟然是因为这样的事。”西西觉得很难受。

在那个晚上和小飞的沟通里，她才知道，小飞升上大学后，因为学医的课程压力太大，情绪状态一直不怎么稳定，和室友同学也处得不好，平时吃饭、上课都是一个人。

“那些事情都太琐碎了，你平时这么忙，也已经有很多压力了，我怕传递太多负面情绪会打扰到你。”小飞叹道。

3

很多时候我们会感叹：再好的朋友，最后也好像总会被时间冲淡。

但事实上不是这样的。人与人之间关系的产生和维系的要点其实很简单：麻烦和被麻烦。

我刚失恋了心情很差，你听我絮絮叨叨几个小时的口水话。

你受伤住院没有人陪，我马不停蹄地来医院贴身照顾你。

我们融入彼此的生命的表现形式，其实就是去不断地麻烦和打扰对方。并且永远都不害怕这种打扰会被厌弃。

而一段关系的消失也正是由于，我们不再去打扰对方了，不再让他们和我们一起承担那些快乐和痛苦、荣耀与非议。

4

长久以来，空间和时间就像是一道无形的隔膜，总会让人感觉：我们已经不再是一个世界的人了。

但不是的。

我可能没法在你被欺负的时候立马冲到你身边去替你揍对方一拳，但能和你一起去想还击的方法。我可能没法在你难过的时候给你拥抱，但能熬一整宿的夜陪着你一起失眠难过。

确实，我没有亲身经历你的世界，不知道你在这里遇到了什么样的妖魔鬼怪，也无法完全体会到你在这里打怪升级的酸甜苦辣。

但只要你回头唤我，我就会穿越人山人海，来到你的身边。

只要你回头唤我。

5

以前看到过一句挺戳心的话：有些事藏在心里是莫大的委屈，话到嘴边又觉得无足挂齿、不值一提。于是，欲说还休，欲说还休，却道天凉好个秋。

但仔细想想，其实每次我的朋友来麻烦我的时候，我心里都挺高兴的。

这说明他们信任我、需要我，觉得我值得依靠。

所以，千万不要因为你的事情太小，怕打扰我。我就是想听你说那些看上去无足挂齿、不值一提的琐碎而凌乱的小事。我希望你来打扰我、麻烦我，在不开心的时候来找我。然后就这样彼此麻烦着，热闹地过完一生。

——

偶尔想去

很远很远的地方看看

没有目的地也没关系

天黑了也没关系

我又被女朋友拉黑了

1

刷朋友圈的时候，突然看到麦片发了这样一条："我的女朋友酥饼，你的男朋友很想你。希望看到这条的朋友们能帮忙转告那位小可爱。"

评论区问了下，才知道——因为一点分歧，麦片就躺在了酥饼的微信黑名单里。

2

"拉黑"这件事，对于麦片来说一点也不陌生。

谈了九个月，被拉黑三次。不同的是，前两次一两个小时就被拉出来了，而这次，整整持续了一天。

我一边感叹着，这两人吵架都能发狗粮，一边在想：是不是现在拉黑已经成了情侣吵架必备步骤了？

吵架到气头上，不想低头让步，也不愿意反唇相讥。于是，暂时的逃避成了最佳选择。

就像回到了小时候——

一言不合就用“我不理你了”来威胁对方，表达自己的愤怒和伤心。

有时拉黑的想法来得很快，一念之间，手指已经自动点击了“加入黑名单”。而往往这个时候，可能对方连状况都没有搞清楚。

3

在知乎有一个问题：男朋友怎样看待被女朋友拉黑这件事？

下面有一个很甜的回答：“就是哄呗。还能分手咋的？谁叫我爱她！”

同时，也有一些“女朋友”来回答。几乎所有的女生都说，不是真的想要断了联系。“拉黑”背后，其实有很多很多的原因。

比如，知道两个人同在生气时争吵，会说出很多伤人的气话。因此在预感自己情绪失控的时候，强行给彼此一段冷静的时间，让那些伤害不再发生。再比如，只是想暗示他，该哄哄自己了。

毕竟，虽然微信是拉黑了，但心里始终还是偷偷给他留了很多的通道。

哪怕他只是去给两个人在蚂蚁森林合种的树浇了520g的水，这种求和也可以让女生瞬间心软。

就好像一部韩剧里，中年的大叔感叹说：“她每次撒野无非就是想让你挽留她。”

大部分拉黑男生的女朋友，其实都是这样想的吧。

4

仔细想想，只有小孩子还会用“我不理你了”来威胁一个人——因为小孩子还不知道什么叫失去。只要反过来想想就能知道，被威胁到的那个人在那一刻，是会非常伤心的吧。

在日剧《初次见面，我爱你》里有这样的台词:“打招呼是为了和更多的人友好相处，道歉是为了和好如初。”

更多的时候，我们都是那种即使在生着气，也想着下一步要怎么和好的人。而在被拉黑的那一刻，准备好的道歉和表白都失去了作用——两个人之间的路，被一个人任性地堵死了。

毕竟，不是所有男生都像麦片一样“大概知道女生这样做的原因”。光是联系不上这件事情本身，就会让大家感到恐慌。

只是，那些在乎你的人，即使被拉黑了——

还是要不停地给你打电话，被挂了还要打;

还是要拎着你喜欢的蛋糕等在楼下，哪怕被说厚脸皮;

还是要拉着假装一脸不情愿的你去吃好吃的。

因为所有的事情，都还是想两个人一起解决。他们更愿意，陪着你一起，从愤怒到冷静。

5

在酥饼口中，拉黑比删除好友温和。因为拉黑能保留之前的聊天记录，她不舍得失去那些点滴。并且，她拉黑麦片这件事，其实不止三次了。

“可能有个七八次吧，好几次他都没发现，就被我放出来了。”而麦片说，在发现被拉黑之后，他也说了几句狠话。只是在酥饼主动发了消息后，他立刻对她说了“我爱你”。

至于之前的那些狠话，泄愤也泄了，反正她看不见。“她只需要知道我爱她，这样就够了。”麦片说。

6

我们都是这样。

想到前不久和男朋友的一次争吵。我扬言很欣赏一个他很讨厌的摄影师，要去加微信交流一下。

他立刻奓毛:“那你把我拉黑吧，你朋友圈有他没我。”

正想说“那再见吧”，他又补了一句:“以后我们就只打电话。”

瞬间觉得有些好笑，又感觉他好可爱。一边威胁叫嚣着你快把我微信拉黑吧，一边要再和你打电话。就像是有些女生，上一秒狠狠心把男生拉黑了，下一秒就想把他拉出来。

有时候会想,黑名单这种东西就是为了阻挠我们而存在的吧。但其实，为了防止恶意、发泄愤怒，这世上才诞生了黑名单。

而唯一可以打败黑名单的——是爱吧。

承认吧，你爱过别人

1

小兮和阿狸交往了。

三个月，正是如蜜的时期。但小兮却如履薄冰。

她无意间翻到了阿狸的微博，往前滑动，发现里面满满当当的全都是阿狸和前女友夏天的交往片段：阿狸带她常去的那家小吃店，曾经也经常和那个女生去；阿狸把烟戒掉，是因为那个女生不喜欢烟味；阿狸做的那些好吃的冷饮，也全是那个女生教他的。

但最让小兮难受的是，她曾问过阿狸的微博 ID 想互粉，阿狸当时满含歉意地回答说：“我不玩微博的哎。”

2

阿狸和夏天交往了五年，从高二到大三。

小兮听说，他们曾一度打算去领结婚证，最后却不知怎么分了手。分手之后，阿狸再也没谈过恋爱。直到遇到小兮。

他脾气温和、为人体贴，聊天时总是以她结束，过马路会走到有车的那边，每次见面都会给小兮带些有意思的小礼物。

“阿狸真的很好。我知道他不告诉我，是为了不让我多想。”小兮叹道，“但他这样瞒着我，我其实会更难受。”

3

慢慢发现，好像所有人陷入恋爱后，都难免会想到这样一个问题：“在我之前，你爱过多少人？”紧随其后的一个念头是：“有多爱？和我比如何？”

当被问到这样的问题时，很多人的第一反应是去防御性地否认：“之前的也就这样啦，谈不上有多喜欢。”所有和前任去过的地方、发生的故事、分手的原因，也都讳莫如深。

但事实上，没必要刻意避讳谈起前任，也没必要否认之前发生过的感情。我们明明都可以更坦诚一些。

之前看过一个视频，女生问男生：“在我之前，你到底爱上过几个女人？”

男生的回答很有意思：“五个，Who、Where、What、When和How，她们都带给我很多东西，你不是她们当中的任何一个，因为你是我现在正爱着的那一个。我希望，你会是最后一个。”

4

曾在知乎上看到一封前女友写给男友的邮件，整篇邮件满是对过往的回忆和对两个人性格的剖析，文采斐然。

那个女生在邮件里叹道：“对于你我来说，换一个人睡觉吃饭上床有多难呢？难的是一辈子同甘共苦的决心。”

有意思的是，写到最后，在邮件的结尾，女生加了两个字：“勿回。”

能坦然地去谈起前任，并非念念不忘，而是真正地放下了。说到底，我们大部分都是因为喜欢而在一起、因为不够喜欢而分开。

能决定一段感情持续多久、有多热烈的，绝对不是那个前任，而是我们自己。

5

我们都不是生来就会爱的。

在大部分的开始，我们或任性骄矜、满身是刺，或懦弱无力、姿态低下，我们不懂付出，也不懂索取，学不会体贴，也弄不懂温柔。

我不想和你否定我的过去，也不希望你否定你的过去。

因为是在遇到了那些前任后，我们才慢慢学会了怎么去收起那些尖刺、表达自己的喜欢，怎么去爱和被爱、索取和被索取。

我是真的想和你分享那些缺失了你的过去，让你知道，我是如何一步一步地走到了你面前。

我也希望，你能同样坦诚地告诉我。就像是《未知伴侣》里哼唱的那样：“我想我们各自经历许多，风雨喜乐，有故事可以说。”

让我们好好吵一架吧

1

麻花今天一整天都心神不宁。

今天是阿飞和她冷战的第三天。她在等阿飞的电话。焦虑和不安就像是一个无底洞，一刻不停地侵蚀着她。

随之纷沓而来的，是愧疚和懊恼："因为这点小事就和他吵架，值得吗？"

2

这是麻花第一次和阿飞吵架。说是吵架，其实也只是麻花单方面地在说话和发泄情绪。

发生矛盾的起因听起来好像也有点荒谬：麻花特别喜欢吃阿飞学校食堂里的凤梨酥，下午时嘱托阿飞晚上帮她带过来。但阿飞因为和朋友打游戏，错过了食堂的关门时间，结果没带成凤梨酥。

阿飞觉得，这只是一块凤梨酥，这次忘了带下次再带就好了，没必要这么“小题大做”。但麻花却很生气，在她看来，阿飞根本没有把她拜托的事情放在心上，在他心里游戏比她更重要。

他们就像是站在一条街的两边，中间车水马龙、鸣笛阵阵，即使喊得再大声，也无法听清对方在说什么。

最后，为了避免矛盾升级，阿飞选择了冷战。

3

日本电影《家族之苦》里，一对老夫妻在一起生活了近50年，丈夫在妻子生日那天询问妻子想要什么，妻子回答：“请帮我在离婚协议书上签字。”丈夫很诧异。在此之前，妻子一直温柔体贴地照料丈夫的饮食起居，丈夫也一直以为，妻子对当下的生活状态是满意的。

却不知道，原来妻子已经累积了那么多怨气。

孩子们劝解时，她开始喋喋不休地吐槽：“早上在洗手台发出轰轰隆隆的声音，特别吵，然后噗的一声放个屁。刚结婚的时候我觉得这样特别有男子气概，特别好，觉得这是夫妻间的一种亲昵表现，很开心。但最近开始讨厌了。你爸他脱完裤子和袜子，总是里朝外就随手扔到洗衣筐里，我特别讨厌这样，说了好多遍，但是他一点都不改。洗脸的时候弄得到处都湿掉，上完厕所也不把马桶盖放下去，电灯也不知道及时关掉，吃饭的时候发出咯吱咯吱的声音，筷子也是随手一扔。但是爱情却一点点被消磨殆尽。现在跟你爸在一起，我就感觉很有压力。”

这种怨气看上去很小，但日积月累，却会渐渐掩盖掉原先对一个人的爱意。

可由于有些事情太过于碎片化，甚至拿不上台面，所以我们往往选择在那时规避讨论。那些细碎的、繁杂的、容易被忽视的矛盾，就这样慢慢在冗长的日常里堆积。

然后，所有的不满、厌倦、恐慌在一定时间的沉淀后，再以一种尖锐的形式爆发出来——

“我依然爱你，只是不再喜欢你了。”

4

最后，阿飞给麻花发了很长的信息。

在信息里，他坦承自己平时神经很粗，时常没法体恤麻花的想法，面对争吵也总会不知所措，但这不意味着他不在乎麻花。

麻花也告诉了阿飞，在这段关系里，因为平时的很多细节，让她觉得阿飞并没有那么爱她，时常会难过、不甘、害怕、迷失自我，所以这次才会不自觉地选择以一种激烈的方式表现出来，想把自己的恐慌借此传递给阿飞。很意外地发现，因为这次争吵以及争吵后的坦白，他们反而发现，对方对自己是多么重要。

很多时候，我们害怕爱会在争吵里被消磨掉。

但这世上，没有矛盾的深入关系是不存在的。

我们都是如此完整而独立的个体。无论再怎么契合，我们身上都会有不一样的东西出现。

让爱消失的，其实不是争吵，而是在争吵背后无法调解的矛盾。而能走到最后的，大概就像这句话说的——你问我多喜欢你，我说不出来，但我心里明白，我宁愿和你吵架，也不愿意去爱别人。

我们都不是生来就会爱的

在大部分的开始

我们或任性骄矜、满身是刺

或懦弱无力、姿态低下

我们不懂付出

也不懂索取

学不会体贴

也弄不懂温柔

你已不在我的好友列表里

1

“那个……借一下你的手机好吗？”饭桌上，嗷呜咬着筷子，满脸纠结地说道，“我想看一眼老周最近的朋友圈。但我之前把他删了。”

我一边从通信录里把老周找出来，一边忍不住说她：“既然这么舍不得，干吗还删他？”

嗷呜没理我，全神贯注地刷起了老周的朋友圈。

2

嗷呜和老周当了三年的朋友，三个月的恋人。在一起后老周觉得，两人还是当朋友比较合适，于是提出了分手。嗷呜有点失落，但还是爽快地同意了。

直到有一天，老周喜欢上隔壁学校的一个女生，告白后成功脱单。

他开始加入秀恩爱的大军，头像和朋友圈封面都改成了两个人的合照，发的朋友圈也基本是各种表白。

“特别难受，看他和那个女生做了这么多事。”嗷呜叹道。

她到这个时候才发现，原来自己这么喜欢老周。但试也试过了，不合适就是不合适。

嗷呜闭上眼，用两分钟删光了老周所有的联系方式。

3

微博上有一个话题：“被你喜欢的人删好友是什么体验？”有人回答：“伤心是伤心，但比不过我删了我喜欢的那个人。”删的那一瞬间如释重负，回过头来却心如刀割。

我们往往以为，先说再见的那个人就一定是更洒脱、更体面、没那么喜欢的那一方。

于是咬着牙，把过去的一切都删除。

但事实上，先删了对方的人，并不意味着就一定有多好过。

电影《十二夜》里，Jeannie 误以为男友劈腿，请刚认识的 Alan 假扮自己的出轨对象，然后先和男友提出了分手。

演完这出戏后，Alan 感叹 Jeannie 厉害，情绪能说变就变。Jeannie 解释说，是因为想抢在前面说分手。

“如果是他先说，不开心的就变成是我了。”Jeannie 说。

“那么，你没有不开心吗？”Alan 问。

“没有，我也不知道为什么，不过真的没有。”Jeannie 答。

下一秒，Jeannie 对着 Alan 的背影，哭出了声。边哭边说：“真的走运，变心的那个不是他。”

4

“可能他根本没发现我把他给删了。”嗷呜翻完了朋友圈，有些苦涩地自嘲。

在她单方面把老周删了后，其实在心底最深处还抱着一个期待：老周可能会把她加回来，问她为什么要删了他，问她是不是还可以和她做朋友。然而，老周并没有去把她加回来，也没有问她为什么。

她翻了一圈他近期发的状态，依然是满屏的恩爱日常以及一些琐碎的吐槽。

删除喜欢的人，已然是件很让人难受的事。而更让人难受的一件事是：你辗转千回地把他删除了，但对方却对此一无所知。或者，即使知道了，也对此没有任何的表态。

你的离开，对他的生活并没有造成什么影响。

你只是自己在上演一出苦情戏——

导演、编剧、主演、配角，全都是你。

5

鬼晓得啊，我多么不想删了你。但只要把你留着，我就会反反复复、无休无止地去看关于你的一切。

每多看一次，这种绝望就多一点。那不如，由我来说这句再见吧。

仔细想想，这好像是一场单方面的道别。而这场道别有多哽咽，也只有我自己清楚。

因为不知道哪一天——

我才能把你从我心里删掉。

我好像不会谈恋爱

1

昨天和初中关系很好的几个朋友出去吃饭。

很奇特，一段时间没联络，我们聚在一起后发现：阿斌交过 6 个女朋友，对每个女生都很好，最后无一例外全都吹了。

小鱼上周刚结束了一段长达 4 年的感情，分手的原因是吃饭的口味不同。

斐斐自从高中发现了自家“偶像”以后，对现实里的男生就完全提不起兴趣。

九哥和我，从出生起单身到现在，实打实的“母胎 solo”——是的，两条单身狗。

沉默里，阿斌满脸疲倦地长叹一声：“我觉得自己好像不适合恋爱。”

全员点头。

2

不由得想到了以前的很多事。

还记得高中时喜欢一个男生。分班后，我们还恰巧分在了一个班。每天只要想到能见到他，就会无法抑制地开始傻笑。但很坑爹的是，整个高中三年，我们的对话不超过 20 句。不但没有人知道我喜欢他，还有很多人以为我很讨厌他。

实际上，我喜欢死他了，只不过，不知道怎么去表达自己的喜欢。

这种习惯一直延续到了现在。

越是喜欢一个人，我就越是胆怯，不敢表达自己的心意，害怕迷失，恐慌陷入一段未知的关系里。不是不想表白，但话到嘴边就变成了疏远的问好或插科打诨的调笑。不是不想对他好，但做什么都不自觉地要套着正式的外套，举动僵硬。

每次这种时候，就会很泄气：为什么那么多人都可以，你就不行呢？

3

也是前几天，看到一个姑娘的留言：

我今年 27 岁了，1991 年的，单身。记得从 20 岁开始，我最好的朋友就跟我说，好的爱情总会来的，你能做的就是等。这些年，我一直在寻觅，把自己变得今天比昨天好，明天比今天好，但是这么长时间了，还是没有等到……

我是一个特别没有安全感的孩子，总觉得爱情会让自己变得狭隘自私、小气多疑。有时候想想，是不是自己压根不适合恋爱？

乍一看，这段话特别扎心。

但后来仔细想想，又有些不对，我们把“爱情”的获得和坚持想得太轻易了。

在小时候看过的很多电影和小说里，男女主人公好像全都不费吹灰之力就被命运安排相遇。即使之前遇到再多错的人，最后也总会遇到对的人，终成眷属。

但谈恋爱，可能是所有人际关系里最复杂的一件事了。

它把我们所有优点和缺点都放大，慢慢地摊开在那个人的面前。

它要求我们常去沟通、善于表达，全身心地去付出和索取。

它能给我们带来最大的自信、快乐与满足，也能随时让我们自卑、痛苦，步入求而不得的深渊。

它需要我们拥有极大的勇气去迈出第一步，并拥有极大的毅力去应对后面接踵而来的自我迷失和过山车般的情绪起伏。

而另一个挺让人难过的事实是：不是所有人都能接受我们的不堪、阴暗和软弱。很多人看到以后会退却、会逃走，甚至会拿起小刀去刺穿、去攻击。不过，也正由于此，那些一股脑儿迈入爱情并在受伤后一次又一次坚持爱下去的人，看上去执拗而傻气，实则英勇如勇士。

4

这世上，没有人天生就不适合谈恋爱，也没有人天生就适合谈恋爱。

没有人天生就知道怎么去爱人，也没有人天生就知道怎么去对别人的感情做出合适的反馈。

在“恋爱”这门科目考试上，没有人能上来就拿满分。

在不断的探索、矛盾、痛苦里，我们才慢慢学会了怎么去表达爱、付出爱、索取爱。

谁也不知道爱情的公式是什么。

只有一点是肯定的——这绝对不是自己苦苦修炼，然后干等着就能做到的事情。

要去试，然后试到那个人。

如果那天我叫住了你

1

“今天在地铁上遇到一个超级棒的男生！怎么办？我好像喜欢上他了。”在闺密群里，阿锦发了这样一句话。

当时，她手里拿着很多东西在挤地铁，有个男生走过来，问她是否需要帮忙。然后，那个男生就帮着她拎了一路大包小包的东西到站点，自己再反乘回去。

群里的几个人都被炸了出来。“喜欢就上啊！”“这个不错呀，可以发展看看。”“嘿嘿，改天可以约出来一起玩！”大家七嘴八舌地说。

但最后，对话终结在了阿锦的回应里：“可是，我没有问他要联系方式……”

2

“我思想斗争了几个小时，还是没勇气和他说话。”和阿锦一样，聂子也曾在学校的图书馆里遇到一个感觉很棒的男生。

他就坐在聂子对面，手捧着一本聂子很喜欢的书，并不算帅，但却很有书卷的气息。

聂子偷偷观察了他很久，从很多细节里推演他的性格、喜好，猜测他学什么专业、来自哪里、喜欢吃什么样的食物。

在那几个小时里，她酝酿了很多种搭讪的方式，甚至还遐想了以后相处的模式和一起变老以后的样子。但话到嘴边，又被吞进了肚里。

就这样，几个小时后，她看着那个男生合上书、整理背包、站起身、走出门外。然后她一个人在座位上发呆了很久,一阵浓浓的悔意袭上心头。

“我后来每天都在那个时间坐在图书馆的那个位子，但一直没再遇到他。”聂子无奈地叹气。

3

最常见的错过是什么样的？

有一天，你走在路上，一个陌生人从你身边越过。你瞥了他一眼。你觉得心跳好像漏了一拍。意外的是，你和他正好顺路。你走在了他的身后。

前面遇到了一个红灯口，你们停了下来。

“要不要打个招呼呢？”你心里这样想着。在想的过程中，他已经走到了转角的一个路口。

“算了,突然搭话太奇怪了。而且,哪有这么巧的事呢?”你犹豫了一下,还是放弃尾随,走向你原来要去的方向。

只是在某个深夜里,你的脑海里会突然浮现出他的身影,然后冒出一个念头:

如果那天,我叫住了他,现在会怎样?

4

我们这一生会遇到数不清的人。

还有很多很多人,我们连打个照面的机会都没有。而在这么多人里,你要正好在那个时间、那个地点,遇到他、看到他并对他产生好感,这已经是一件很小概率的事了。

日剧《四重奏》里,别府对卷姐说了一段很经典的告白语:

第一次见到你的时候,我还在读大学。你来参加学园祭,演奏了《圣母颂》,我当时打扮成外星人,我想你大概不记得。

第二次,是我去荞麦面店的时候,发现有个背着小提琴盒的人在吃肉荞麦面。仔细一看,是那个演奏《圣母颂》的人。

第三次,是看到你坐在山田电器店的按摩椅上,我想着:如果还能再遇到,那就相信,这是命运吧。

然而,他们第四次相遇,是在三年多前,卷姐的婚礼上。

别府说道:“婚礼当天,看着你穿婚纱的样子,我想到:为什么在山田电器店的时候,我不跟坐在按摩椅上的你搭话呢?为什么没跟吃肉荞麦面的你搭话呢?我错过了三次将偶然变成命运的机会。”

和别府一样，我们也一直在错过把偶然变成命运的机会。

在我们人生里，有太多太多偶然了。以至于看上去，我们好像很难能从这些“偶然”里分辨出，哪些才是命运。

但事实上并没那么复杂。所谓“命运”，其实就是：那天我看到了你，然后叫住了你。

5

看电影时，我们都会羡慕那些浪漫的相遇桥段。但其实仔细想想，实际上这些桥段就发生在我们的生活里。

可能那时你正在排队买咖啡，或在地铁里被挤成了咸鱼。也可能，那时你正在某条小道上遛狗。

那么——

不要担心自己没有化妆或打扮很随意。

不要害怕冒昧搭话会被人觉得很奇怪。

电影里之所以会有之后的浪漫桥段，就在于，主角鼓起了勇气，对那个人说：

“嘿，你好哇。”

你恋爱后，我们开始联系

周末，椰子躺在床上刷朋友圈。

刚好看到好朋友布丁晒了张情侣照，这才发现她脱单了。

想找她聊聊，写写删删，最后还是退出聊天框，给照片点了个赞。一瞬间，心里空荡荡的。

突然，收到了一条布丁的消息："椰子宝宝，在吗？"

1

看到熟悉的称呼，椰子愣了一下——

毕业一年多，已经很久没听布丁这样叫自己了。

椰子立刻兴奋地吐出刚刚酝酿半天的话："在啊在啊，你恋爱啦？！什么时候的事啊？你俩怎么认识的呀？"

布丁像以前一样，从如何认识、谁告的白，到最近闹矛盾的烦心事，叽叽喳喳说个不停。听着熟悉的大嗓门，椰子隔着屏幕都能想象到布丁傻笑的样子。

她一边回应，一边也跟着惊叹、傻笑。抬头发现，两人竟聊了整整一下午。

恍惚间，好像回到了从前。椰子和布丁打小就整天腻歪在一起。

用情侣头像，喊对方“宝宝”，半夜趴在床上聊对未来男友的幻想，一边聊一边害羞地在床上打滚，哧哧地笑个不停。

毕业后，椰子去了上海实习，布丁留在家乡备战考研。步入成年人的世界后，两个人都忙得飞起。

一直说聚聚，结果拖到聊天框都沉到了微信的底端。

2

布丁每一次恋爱背后，都有椰子的影子。

初中时，布丁暗恋隔壁班的男孩子，从表白到写情书，椰子忙着出谋划策，比布丁还紧张。

布丁表白成功了，椰子晚上越想越开心，差点睡不着。

布丁和男友吵架了，椰子带布丁去吃她最爱的变态辣火锅消气。

布丁最后失恋了，椰子拉着哭成狗的布丁去唱了一晚上的 KTV。

对于布丁来说，椰子不仅是闺密、秘密分享者和恋情军师，更是家人一样的存在。

每次恋爱，都会忍不住向椰子“报备”，希望能得到椰子的认可和祝福。就这样，椰子的情绪随着布丁的恋情波动，好像也跟着谈了好几场恋爱。

后来两人联系少了，关系渐渐变淡。椰子偶尔刷朋友圈看到布丁，总会一阵阵怅然。

这次意外地收到布丁的消息，她既惊喜又踏实。

惊喜的是，因为布丁恋爱了，她们又重新恢复了联系。

踏实的是，布丁开心或烦恼的事全都说给她听，还是和以前一样。年少时许下的承诺，依然算数。

因为说过要做彼此最好的朋友，所以到现在还是——

愿意听对方反反复复讲一个对自己来说完全陌生的人的事情。

想要把人生中发生的每件大事，迫切地不厌其烦地告诉对方。

3

失去好友，是一个悄无声息的过程。

刚开始是忘记了秒回消息，接着是不再分享看到的好看的云、奇怪的树，最后由老朋友变成朋友圈的点赞之交。

时间是温水，我们是身在其中而不自知的青蛙。每个人拼命朝着自己的方向游，直至成为彼此最熟悉的陌生人。

很多时候我们接受不了，却也无能为力。

曾经躺在草地上计划以后要一起去看极光，后来她一个人去了挪威。

曾经在自习课上偷偷约定大学去同一座城市，后来分散在南方北方。

曾经开黑时拍着大腿说以后一起租间房子养只猫，后来和其他人合租了。

距离和忙碌，不断挤压彼此的时间。渐渐地，我们从无话不说变成无话可说。

在《机智的监狱生活》里，男主角金济赫和狱警李俊浩打小一起练习棒球，是关系很铁的发小。因为车祸，李俊浩手受伤后放弃了棒球，自此和金济赫渐渐失去了联系。

长大后，成为棒球明星的金济赫为了保护妹妹，一夜之间沦为阶下囚，在监狱里，和李俊浩重逢了。虽然很多年没消息，但李俊浩其实一直关注着好朋友的消息。

听说金济赫要来监狱，他一蹦一跳地去迎接。结果第一天没见到，他满眼失落。

终于看到金济赫时，他又开始犯愁，担心济赫在监狱里生活不习惯。因为监狱的犯人背景比较复杂，所以他下定决心要保护好朋友，不让济赫受伤害。

有些感情是天上的云、路边的风，说散就散了。

可有些感情看似消失了，其实是扎根在心底暂时被保存住了而已。

只要抓住一个契机，一条消息、一个碰面，便能瞬间找回曾经的感觉。

4

每一段亲密关系的形成，过程大致相同——

每天分享生活里琐碎有趣的小事，共同吐槽讨厌的人事物，因为共同的目标互相鼓励打气。

直至信任对方，我们才慢慢打开心房，愿意把人生中重要的决定、发生的重要的事情，统统分享给对方。说出口的那一刻，你已经被我视为生命里重要的那个人。

你不仅仅是我的朋友、闺密、死党，更是我生命中的参与者。

可能以后，我们会因为时间和距离渐渐淡了联系。也可能，我会慢慢忘记了每天找你分享琐碎的日常。

但是啊，别担心。人生中的每一个重要决定，我都一定会亲自告诉你。

因为多希望，这些重要时刻——

你都在。

不顾及其他人的想法，

也不去想以后的问题。

好好地爱人，也好好地被人爱。

有机会的话，真的想做一次笨蛋啊。

我喜欢和笨蛋谈恋爱

1

翻开 QQ 空间，看到表妹可可发了张搞笑聊天截图并附上文字：“笑死了，你们猜这个笨蛋是谁？”

她的小男友蜗牛立刻在评论区回道：“是我呀，我就是那个笨蛋。”

“咝——”这狗粮塞得我“牙疼”。

2

开学后，可可和蜗牛做了同桌。

可可人聪明成绩又好，蜗牛偏科严重成绩略差。老师特地安排他们坐在一起，没想到两人悄悄谈起了恋爱。

“哎呀，你是笨蛋吗？”可可晚上和蜗牛通过视频一起做作业，给他讲题时总爱骂他几句。

蜗牛确实还做过不少傻乎乎的事。情人节送了 1314 颗纸折的星星，据说每晚熬夜折腾了一个月才完工。在微信里自说自话扮“精分”，每天给可可准备两个好玩的笑话逗她开心。每周五特地绕远路去隔了几条街的糕点店给可可买她喜欢吃的脏脏包。

可可边吃边抱怨：“蠢死了，订外卖不就好了？”

说是这样说，但吃得满嘴脏兮兮的可可，却笑得很开心。

3

13 年前看《恶作剧之吻》，别人越看越笑，我越看越气。

袁湘琴做饭烧了厨房，打球崴伤了脚，考试全面搞砸，甚至吃饭都能把自己噎到抽搐。直树帮她补习功课，翻开课本问：“你哪里不会？”“算了，你哪里会？”“你不用解释了，我已经清楚了。总之你就是连自己哪里不会都不知道就是了。”湘琴一脸惊讶道：“哇，你好厉害哦，怎么连这个你也知道，果然是 IQ200 的超级天才。”

屏幕前的我差点被气得吐血：“天哪，这世上怎么会有这么笨的女孩子！”

当时特别理解弟弟裕树对“笨蛋湘琴”的排斥，恨不得跟他握个手。但看着看着，却被笨笨的湘琴吸粉了。

成绩差到进 F 班，告白失败被全校的人知道，房子塌了不得不寄居到爸爸的朋友家……

挺糟糕的生活，她却会用一些渺茫的希望给自己打气。“喜欢江直树”这件事，不管遭受怎样的无视、拒绝、打击，她都一根筋地走到底……就这样把冷漠的直树渐渐打动了。

设想一下，如果我是袁湘琴，可能剧情在大庭广众之下告白被拒就结束了，连第一集都拍不完。

湘琴那一根筋般的执拗、率直和简单，反而是她身上最可贵的地方。

就像是直树说的：“这世界上有 90% 的事，我做得到而她做不到，剩下的 10% 我做不到的，她却能做到任何一个人都无法模仿的地步。”

以前很喜欢江直树，把他当作最理想的男友。后来才发现，笨笨的袁湘琴是多么值得被爱。

4

也不是所有人，都可以做一个笨蛋的。

认识很多人，以前都是“袁湘琴”。也曾经常生气撒娇，却换来“太幼稚”“太黏人”的评价。也曾被撩得心怦怦跳，却发现只是满满套路。也曾满怀期待地发出求救信号，倒下的时候却空无一人。

然后慢慢地，他们都变成了“江直树”。学会了一个人搞定所有事，习惯了毫无波澜地反套路。学会了隐藏情绪，转身得优雅干脆。不敢信任别人，更害怕迈出那一步。变得越来越聪明，却越来越不敢去尝试。

年少的时候，觉得成为江直树很难，很希望自己长大后能变成聪明的江直树。

现在才知道，能一直当一个袁湘琴，才是最难的。

因为即使是再笨的人，受过几次伤，好像也会开始变得“聪明”。

要一直当一个笨蛋，得多难啊！

5

很喜欢动漫《从零开始的异世界生活》里的一段台词："我又弱又笨，眼神凶恶不看气氛，但还是一边期待别人的帮忙，一边靠他人活了过来。互相依靠着前进就好了。笑着并肩而行，笑着聊明天的话题吧……和鬼笑着聊明年的话题可是我的梦想啊。"

有些时候，真的很羡慕笨蛋。

可以把情绪写在脸上，可以把憋在心里的话说出口。喜欢就坦坦荡荡地告白，被拒绝了会说"那我再想想办法"。在一起后就用尽全力地付出，赤诚地毫无保留地去爱。

没有伪装，无须坚强。

不顾及其他人的想法，也不去想以后的问题。

好好地爱人，也好好地被人爱。

有机会的话，真的想做一次笨蛋啊。

喂，你主动点好吗

1

我不知道你身边有没有这样一些人：

他们总是给你的朋友圈点赞，但从不回复；他们关心你的动态，总是在暗中观察着你，但从未找你聊过天。你对他们没什么印象，甚至都喊不出他们的名字。

我不知道你身边有没有这样一些人：

他们会找你聊天到半夜，会从很远的地方跑来看你，会时不时送你点小礼物，会约你出去吃饭，但就是，不跟你表白。

第一群人叫暗恋者，第二群人叫暧昧者。

发现了吗？

这些人的共同特点是：好像可以和你发生些什么，但又什么都没发生。

2

“想要天秤表白？做梦吧。”一个朋友这样跟我说。

我身边有这样一类男生——

他们人大多不错，总是和不同的女生进行交流，遇到有好感的女生会说暧昧的话，会有暧昧的行为，但就是不会主动说那句话。

在星座书中，似乎也会给他们的行为添加标注：优柔寡断，抉择不定，他会给你一种暧昧的感觉，让你感觉他好像喜欢你，但就是不对你表白。他有可能对很多人都是这样的。

奇怪的是，这类男生看似暧昧的对象很多，但是恋爱次数却屈指可数，明明恋爱过程中温柔体贴没有劈腿是个好好先生，最后也往往会由女生提出分手。

我曾询问过和这类男生交往过的女生分手的原因，她当时一脸惆怅地感叹道：“他挺好的，但让我很没有安全感，好像往前跨出去的每一步都是我在走，我们之间关系的每一个突破都是我在做，时间久了，我会觉得很累。”

真的是因为天秤座，所以这些人天生就不会主动吗？

“不会哎，我的男朋友是天秤，是他主动跟我告白的呀。”另外一个朋友笑着跟我说。

你看吧，别再拿星座当借口。别信星座那套鬼话。

3

曾看过在我父亲年轻时对他表达爱慕的姑娘的书信。

她们有些只见过我父亲一面，有些还只是高二学生。但让我惊讶的是，那些姑娘在信中的语气都热诚而深情。

我父亲也都很认真地给她们回信，喜欢的就在一起，不喜欢的则表明态度后委婉拒绝。他很珍惜这些信，小心翼翼地存放了几十年。谈起这些姑娘时，语气满是欣赏和感激，没有半点轻视和不屑。

而与之不同的是，我看到现在很多给女生的恋爱宝典中写着：

千万不要表白！

“恋爱导师”燕公子这样解释道：“不表白就不会给他正式拒绝的机会，你总有机会出手，暧昧比表白对你更有利。表白是封住自己的退路啊，傻姑娘。”

当真如此吗？

暧昧也许是最安全的一种状态，但也是最不安全的一种状态。

以前在高中时，包括我在内的很多女生都喜欢一个男神。但奇怪的是，竟然没有女生跟他表白。当时我犹豫了很久，最终决定去主动出击。而就在我犹豫的这段时间里，他与一个跟他表白的姑娘在一起了。

从高中到大学，他们互相扶持，感情甜蜜。现在，大家都坐等着喝他们的喜酒。

总是有所谓的“恋爱导师”告诉我们关于爱情的诀窍。但要知道，恋爱这回事从来没有公式，也没人能当导师。

我们可以做的，只是确定自己的内心，是喜欢或者不喜欢。然后再去决定，追求或者不追求。

因为怕被拒绝而不表白的，才是傻姑娘啊。

4

我们都觉得主动很难。我们怕主动一些会丢脸，会被人看轻，会在一段关系中落于下风，会打破原来的稳定。

于是我们给自己划定了一个安全区，在那个安全区里舒适又没有风险，却总觉得少了些味道和色彩。

在《请回答 1988》中有这样一段独白：

所谓界限，就是到那里为止的意思。

守住那界限，就是继续现在所熟悉的感觉，那意味着维持那里的世界、那里的规则和关系，那也代表着，如果不越界，就无法遇见另一个世界的规则和关系。

如果想要崭新的关系，如果想拥有爱情，就必须越界。若是守住了界限，她 / 他跟你就只能到那里为止。

于是，在剧中鼓起勇气向同胡同的姐姐告白的男孩善宇开始了一段浪漫的姐弟恋，害羞寡言的天才围棋少年在坦白自己的喜欢后成了少女德善的老公。

我们都觉得主动很难。但还是有人愿意冒着很多人不愿意冒的风险，勇敢而义无反顾地越过那些界限。

也许第一次会失败，也许第二次会失败，但无论是在电视剧还是在生活中，那些人最终总能获得些什么，哪怕最终还是不能在一起，也不会因为遗憾而悔恨。

5

我不知道你身边有没有这样一些人：

他们犹豫不决、优柔寡断。他们不敢踏出那一步，也没有勇气说出那些话。他们有着想和你天荒地老的心，却没有大声说爱你的胆。

如果有，请你把这篇文章甩到他们的脸上，再加上一句：

“喂，你非常需要主动一点啊！”

我很容易喜欢，也很容易放弃

1

晚上，木子抱着手机躺在床上。

这段时间，她每晚的日常，就是翻看男神卡卡的朋友圈和微博。可刚刚在刷朋友圈时，看到卡卡给校花晒的照片点了个赞，还在评论区热情地聊了几句。

白天还预谋着跟卡卡来场邂逅，此刻对他的好感直线下降。

“好像……没那么喜欢了。”木子说。

2

一周前，木子加入校广播台群认识的卡卡。

卡卡在群里发了段语音，木子只听了一句，就被酥得耳朵发烫，心里痒痒的。

她兴奋得一晚上没睡着，把卡卡的朋友圈从最近一条翻到了 2015 年的第一条。知道了男神最喜欢学校食堂第二个窗口的鱼香肉丝盖饭，每周三、周五下午会去图书馆刷题，家乡是个冬季必定下雪的城市。

冬天很讨厌，但卡卡的家乡很可爱。

可看着他和其他男生一样跟校花在朋友圈互动，木子突然觉得神在那一刻陨落成了凡人，对他的喜欢变得荡然无存。

这种感觉让木子有点熟悉，翻了下好友列表，才发现相似的场景，发生在上个月。

那时，她通过学姐微信加了一个校编辑部的师兄，热烈地喜欢了不到一周，后因无法接受他描眉，便瞬间不喜欢了。

这让木子忍不住怀疑，自己究竟怎么了？

3

稍微留意下就会发现，周围越来越多这样短暂的感情——心动来得猛烈，失望也飞速降临。

因为喜欢同一款包成为闺密，惊呼："哇，我们好有默契！"转身又因为喜欢的偶像在微博上不和而绝交。

和一个人认识三天就表明心意，掏心掏肺，被拒绝也没关系，回头又有了新的告白目标。

喜欢这件事，越追求完美无瑕，就越脆弱。

在网上看到一段话，深感认同：我觉得大部分人喜欢你，他们就想普普通通地喜欢你一下，和你在一起。摸摸你的叶子，亲亲你开的花。这时候你不能把地下盘根错节的根系都连根拔起，放到天光之下，放到他面前，说，你看一看吧，求求你连它们一起爱吧，这才是我本来的样子呀。很遗憾，你就是不能这么做。

普通的乍见之欢，只贪恋表面的新鲜刺激，却不敢、不愿、懒得触及深层的真实。就像大部分人只愿站在湖边看风景，谁也不愿沾到湖底的淤泥，否则会立刻撤离。可淤泥本就属于湖泊，人早晚会展露自己的真实。

所以，很多感情熬不过普普通通的阶段就死了。

4

有时候觉得，我们把喜欢想得太简单了。

三分钟的心跳加速，五分钟的新鲜感爆棚，就是喜欢。一个月后热情减退，感情变得乏味，无话可聊，无力修复关系，就是不喜欢。短暂热恋又放弃，然后抱怨遇不到合适的人。

在《致我们单纯的小美好》里，江辰和陈小希分开三年再次相遇，因为彼此依然相爱，又重归于好。

一天晚上，陈小希睡前说自己这次没有忘记刷牙。

江辰抱着她，回道："那你为什么总是忘记我很爱你？我很爱你，所以即使世界上有比你高比你瘦比你漂亮比你温柔懂事的女孩，但是都不关我的事。"

学校里初见的好奇和心动，是一回事。分开三年，认识过全世界更优秀的女孩子，深知小希身上所有的傻和天真，却依然对她欣喜并珍惜，是另一回事。

因为通过了时间和经历的淬炼，了解并接纳了对方所有的真实，这份喜欢才变得尤其珍贵深刻，历久弥新。

感情不会停留在心动的那一刻，它千变万化，稍不留意就会轻易溜走。

体验过怀疑、担心、忍耐之后依然真挚地坚持，喜欢才会悄悄变成爱。

5

总觉得很多人都不太敢真正投入地相爱了。或许是因为见过太多轻易的分散,担心喜欢容易陨落。或许是因为经历过这种短暂喜欢后的放弃，不敢再次伸手。我们学会了对爱有所保留，对真心谨慎透露，把表达爱意的行为稀释。

甚至因为害怕受伤，转身的速度也要争取比对方快，逃得慢就算输。但可能也正因为如此，在社交网络发达的今天，我们有机会与更多的人相遇，却更难找到合适的人。

有时会羡慕上一辈人的感情，谈恋爱就像挖宝藏，一铲子下去，可能是矫情、嘴笨的缺点，也可能是单纯、善良的闪光点。

对于发现彼此的真实，勇敢而不畏惧，甚至像个孩子似的乐此不疲，不知不觉就一起度过了一辈子。

想要谈这样的恋爱呀——

你知我坏脾气，我懂你臭毛病。

我赶你走你半分不动，你走散了我把你找回。

就这么死死地牵着手，一起走到 80 岁。

我羡慕鱼不用早起

鱼也会羡慕

我手里的冰激凌吗？

嘿，你迟了好久

1

“没谈过恋爱，难道是一件很可耻的事情吗？”前段时间和渝子聊天时，她很愤懑地问道。

渝子今年 25 岁，性格温和，样貌可爱，喜欢健身，但不知为何，从出生单身到现在。每当被人问起恋爱经历，一旦渝子回答是 0，场面就会陷入尴尬。

“就像是见到什么很奇怪的外星生物一样看着我。”她无奈道。

2

和渝子一样，我也单身了二十多年。

还记得刚进大学没多久，就被一个学长好心提点：“你以后可千万别告诉别的男生你没谈过恋爱啊！会把人吓跑的。”

记得以前和闺密聊天时，她也提到，不想和没有恋爱经验的男生交往，太累了。我问为什么。

“恋爱也是有很多‘潜规则’的。什么时候牵手，什么时候接吻，什么时候拥抱，没有经历过的人很难知道这些。”她回道。

也看到很多的“恋爱手册”里说，如果被问起恋爱次数的话，无论你原先是多少次，都要说是 2~3 次。太少会被人觉得“人奇怪还是没有魅力”，太多会被人觉得是滥情，所以 2~3 次是一个最佳答案。

于是，久而久之，当被问到“你以前谈过几个男朋友”时，我总会下意识地回避。

就好像，在掩藏某种见不得人的陋习一样。

3

“如果到 35 岁还单身的话，这个人一定很奇怪吧！”在某次群聊时讨论到结婚的年纪，有人发了这样一句话，大家纷纷附和。

我听了却不由得难过起来——

如果到了 35 岁，我还单身的话，是不是也会被认为是个奇怪的人呢？但是，谁又能保证，到了 35 岁的时候，我就能遇到那个我喜欢也喜欢我的人呢？

如果我就是运气不好，没有遇到他的话，要怎么办？

在日剧《最完美的离婚》里，有这样一段经典台词：

罐头是在 1810 年发明出来的

可开罐器却在 1858 年才被发明出来

重要的东西有时也会迟来一步

无论爱情还是生活

事实上，我们永远也没办法预知，那个人什么时候过来。而“长期单身”也并不意味着“人很奇怪”或“没有魅力”。

只不过是，不想谈不合适的恋爱罢了。

4

在《平如美棠》里，87 岁的饶平如写下了和患老年痴呆的妻子相处的故事。其中有一个片段是这样的：

一天晚上，美棠突然说她想吃杏花楼的马蹄小蛋糕。家附近没有杏花楼，但较远的一个小区里有一家，骑自行车单程需约 20 分钟。当我骑车赶到店里已经很晚，幸好还能买到马蹄蛋糕。可等我终于把蛋糕送到她枕边，她又不吃了。

我那年已经 86 岁，儿女们得知此事无不责怪我不该夜里骑车出去，我也明知此时美棠说话已经糊涂，可我总是不能习惯，她嘱我做的事我竟不能依她。

明明是很朴实的语句，看到这里，却不由得落泪。我也想和你一起吃早餐，想和你面对面道晚安。想和你去山顶看日出，去海边放烟花，去教堂听钟声。想叫你的名字你就会走过来抱着我。想带你去吃好吃的糕点，想和你一起牵手到白头。

但多可惜啊，你还没有出现。

不过，也正因为你出现得那么晚，一旦我找到你，一定会很珍惜很珍惜你。

5

在朱生豪给宋清如的信里，他这样写道：“只有你好像和所有的人完全不同，也许你不会知道，我和你在一起时较之和别人在一起时要活泼得多。与举世绝缘的我，只有你能在我身上引起感应。”

事实上，在遇到那个人之前，我们都没法肯定，这世上还有一个人，能让我们脸庞发烫、心跳加速，能喜欢我们鼻子旁的雀斑，能包容我们所有的难堪和不美好。

但等我们遇到的时候，就会发现，啊，原来世界上真的有这样一个人。

正如《蓝莓之夜》里说的：其实要过那条马路并不难，就看谁在对面等你。

他一定就存在于人群里，等着我们找到他。

我要跑着去。

我一刻也不想等了

1

“我从不在冬天表白。”很久之前闲聊时，D 先生笑着说。

他为人绅士，博学有趣，在女孩之中一直很受欢迎，从未有过表白失败的经历。

“冬天的话，人好像也变得保守懒散了很多。即使表白成功的话，出去约会也不方便，而且马上就要面临过年过节，刚开始就分开这么久，感情很容易会淡下来。”他这样说，也一直是这样做的。

但就在昨天，D 先生的朋友圈里发了一张对话截图：

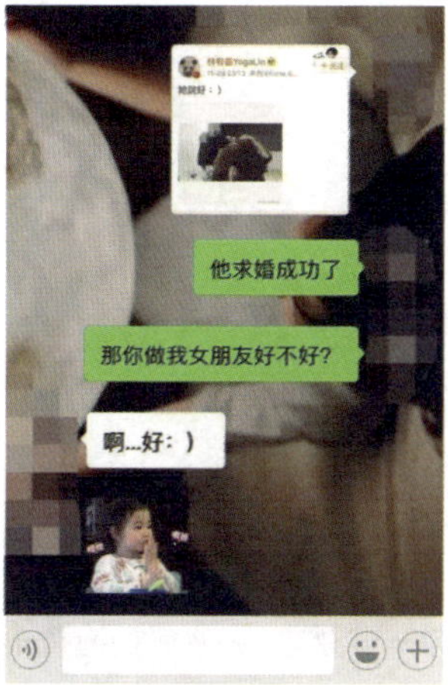

2

我问起 D 先生，怎么这次转了性子，还用这么扯的表白理由？

他的回答甜得发腻：“遇到她，就连一刻都不想等了。”附带一个害羞的表情。

之前看到求婚新闻的一刹那，他脑子里面就闪过了 K 小姐的脸，而且一出现就消失不掉，想着以后能和 K 小姐生活在一起，竟然傻笑了半天。而实际上，D 先生在冬天表白的 K 小姐，和他之前和我说过的理想女友形象完全不同。

D 先生希望女友能有蓬松的短发、高挑的身材，爱听爵士乐，喜欢蹦极等一系列极限运动。

但 K 小姐不到 160 厘米，一头黑长直，喜欢古典乐，擅长工笔画，热衷养生。

不由得想起了几个星期前，朋友柚子拉我出去喝茶时，谈起喜欢了快半年但还没表白的男神:“说是缺乏勇气，其实只是我不够喜欢他罢了。”

3

“就是今天了，我要把你定下来。”看林宥嘉的求婚长文，读到这句话时，心里忍不住一颤。

“再也舍不得你的人生继续浪费在没有规划的时光里，我必须带领我们，让我们的画面明确。”满满的急切和期待扑面而来。

好像当我们真的喜欢一个人，从来都是掩藏不住的。

而在没有遇到那个人之前，我们总会给他很多的设定，身高、年龄、肤色、性格、家庭……

但遇到了以后，才会发现:啊，就是这个人呀。

4

有很多人说:“成年人都不告白的。”

但喜欢哪还分年龄?

无论我们是10岁、20岁、30岁，还是80岁，只要喜欢一个人就一定会想要告诉他。

在电影《当哈利遇到莎莉》里有这样一段经典的告白:

我爱你在暖和的天气感冒

我爱你用一小时来点菜

我爱你皱着眉头看我 好像我是疯子一样

我爱跟你分别后 仍然萦绕不散的余香

我想在睡前和你聊天

我来这儿并不是因为我寂寞

也不是因为今天是除夕

是因为发现——

如果你想要与某人共度余生

那你就会希望余生尽早开始

如果你看这篇文章时，脑子里也浮现出了一个人的名字，那么恭喜你，你可能已经找到了那个人。

别害怕。

你现在可以选择，要不要尽快开始你的余生。

我喜欢你，不是玩笑

1

上个星期顺子的初恋熊先生从国外回来，约她在第一次约会的咖啡馆见了一面。

坐上地铁后，顺子给我打电话，在电话里面哭成了狗。其实前面的谈话都还好好的，两人也都是在聊聊彼此的近况。

最让顺子难受的是熊先生在临走前感叹：“其实我后来一直在想，要是当时没有分手就好了。”

看到顺子比哭还难看的表情后，他忙又加了一句：“没有啦，我开玩笑的。”

2

“他为什么现在才告诉我？”顺子那天在电话里哭着问了好几遍。

熊先生和顺子当时是大家眼里公认的模范情侣。熊先生温和智慧，顺子活泼有趣。只要出现，两人必定十指紧握。但之后因为熊先生要出国学医，顺子的父母又舍不得唯一的女儿背井离乡，在一场爱情和亲情的拉锯战里，熊先生选择了放手。

分手的这三年，顺子也谈过两个男友，但全都无疾而终。

顺子哭着说，如果熊先生早点告诉自己，希望她能和他一起走，她就会义无反顾地选择和他一起出国留学，说不定现在两人已经在美国领证结婚了。

可是熊先生没有。也许是他当时勇气不够，也许是他觉得时机没到，憋着憋着就憋过了可以说的时间。

“我开玩笑的，你别当真。”这世上许多的真话就这样被掩藏在这句话背后。

3

电视剧《请回答 1988》里，当年从小玩到大的朋友们再聚首，东龙恨铁不成钢地对正焕抱怨：“哎哟，一生都没能求婚就死的家伙……我看到你告白然后死是我的愿望。”

正焕突然掏出了要送给喜欢的人的戒指，认真地看着德善说道：“德善啊，本来想今年毕业的时候给你，现在才给你。”

沉默了几秒后，他说：“我喜欢你。”

然后又苦笑：“喂，我的心里都是你……你。一起去演唱会的时候，还有我生日第一次收到你的衬衫礼物的时候，我真的开心疯了。一天想你 12 次都不算多，见面就是开心。我真的很喜欢你，我爱你。”

说完这些，他又转过头，忍着泪佯装不耐烦地对坐在对面的朋友东龙说：“行了吗？”

就这样在插科打诨中，装作都是对朋友东龙说的玩笑话。但所有人都清楚，这么认真的语气，又怎么可能只是玩笑？只是这时才被表白的德善，她心里已经有了另一个男生。

晚了这么一步，也终究是错过了。我们总是借着玩笑去说出那些没法说出口的话。因为有着玩笑的幌子，那些多年没被说出口的话才被加持了说出口的力量。

这句话的背后有期待，更多的却是释然：我现在已经放手了，你不必惦记。

4

阿桦曾试过在愚人节和一个心仪很久的姑娘表白。我们都骂他傻，表白应该选情人节才对。

他倒是觉得挺开心：“只是想借着这个机会告诉她罢了，没希望她会答应。”

弗洛伊德曾说过：世界上没有所谓的玩笑，所有的玩笑都有认真的成分。那些带着玩笑的套子说出口的话，往往都是一个人的真心。

每年的愚人节，都会有很多人收到各类表白短信。有些可能是朋友间的恶搞，但大部分，其实都是真的告白：我知道你可能不会喜欢我，但憋太久了又觉得难受，那就干脆假装玩笑地告诉你。

告诉你，也是告别你。

5

通话的最后，我问顺子，如果让你选，你是希望熊先生在咖啡馆里说出这句“玩笑话”，还是不说？

电话那头静了很久，才有声音传来：“那我还是希望他告诉我，即使是在那么多年以后，以玩笑的形式。”她很难受，也觉得欣慰，原来这么长时间，不是只有自己忘不了。

我们一辈子会错过太多的人了。甚至很多时候，因为擦肩的速度太快，连真实的心意都没来得及说出口。

如果再遇到的话，我希望能和那个人打个招呼，笑着说：“我喜欢过你，不是开玩笑。”

——

其实是那个喜欢你很久的男生

想默默保护你回家

我还想和你聊下去

1

“他真的好会聊天哦！”说着，阿叶打开了手机，翻到了她和达先生的对话页面给我看。

“哪个口红的颜色好看？”

“你涂哪个都好看。”

“一定要选呢？”

“那我选你。”

看到这一段话，我简直不敢相信自己的眼睛。我印象里的达先生，明明是一个拘谨又容易把话题带死的理科男生。但叶子手机那端的达先生，幽默风趣，情话满分，简直是一个老司机。

这……真的是一个人吗？

2

“天地良心，我真的没有精神分裂，也没找人代聊。”达先生哭笑不得地回复我。

他和叶子都是我的好友，在前不久我组局的一场狼人杀里，两个人认识了，一个月后就顺利牵手。而达先生在认识叶子前，基本没和女生聊天超过 20 分钟。

自从发现自己喜欢上叶子后，他开始学习各种教人聊天的教程，查找各类段子和情话，还去搜集了一大堆各式各样的表情包。

他观察叶子的朋友圈，看她喜欢去哪些场所、读什么书、喜欢什么样的明星。尔后，两个人的话题就自然而然地多了起来，每天的聊天像吃了炫迈一样，根本停不下来。一个月后，达先生顺利和叶子表白成功。

“我只是做足了功课而已。”达先生甜蜜地叹道。

3

很久之前，我其实也干过这样的事。

那时候喜欢同一个补习班的男生，以请教题目为由要到了 QQ 号。然后，从兴趣爱好聊到明星八卦，从游戏聊到中国教育制度，我们就这样聊了整整三个多月，每天都聊到很晚。

后来他被父母安排出国，由于时差，渐渐断了联系。而在他的印象里，我一直是一个性格好又健谈的女生。

之前因为一条群发信息，又和他恢复了联系。聊了没几句，他就感叹：

“后面再没碰到过像你一样和我这么聊得来的人了。”

可他不知道的是——

其实，我打出的每一个字都要斟酌半天，发出的每一个表情都要再三挑选，抖出的每一个包袱都已准备良久。

每次聊天，都要调动脑袋里所有的库存，绞尽脑汁地思考回复的内容，研究怎么样回才能让聊天更容易进行下去。

只是希望，能和他聊得久一点，再久一点。

4

没有人是天生的聊天高手。

因为想获得别人的喜欢，我们才会费尽心力地把那个笨拙的自己用巧克力包裹起来，再涂上一层可口的糖浆。

因为是你，所以愿意去费这些时间和力气，枯竭脑洞地去接一个又一个的话题，来和你有更多的交集。

所以下一次，如果你也发现有个人总会来找你聊天，一聊就是很久，那很可能就是他喜欢你。

而如果，我总是来和你聊天，一聊就是很久。

那别怀疑了。

是我喜欢你。

没有回应的爱能坚持多久

1

“其实他再坚持一下，我也就答应了。”宿舍里，大家闲聊的时候，乌米叹气道。

“他”指的是一个叫一杰的男生，已经追了乌米快一个月了，每天雷打不动地给乌米送早餐。但前两天，在又一次和乌米暗示无果后，那个男生不再出现了。

“既然你也喜欢他，为啥不干脆点答应了？”一个室友不解地问。

“我只是想看看他能坚持多久。”乌米说。

上一段感情里，乌米在喜欢的男生第一次和她告白后就答应了。结果，这段恋情持续了一个多月就因男生劈腿而告终。

乌米有些失望地叹道：“如果很快就放弃，很难相信他有多喜欢我。”

2

我在微信上问一杰："你这是放弃追乌米了吗？"

他无奈道："差不多吧，感觉她好像不怎么喜欢我，也不想再打扰她了。"

我觉得有些可惜，向他暗示："其实我看乌米对你感觉还不错哎，你再坚持一下，她可能就答应了呢。"

过了 10 分钟，收到了一杰的回复："如果现在是 16 岁的话，我肯定会继续追。但我现在都 23 岁了，每天实习完已经累成狗，没那么多精力再去追求一个不怎么喜欢我的人了。"

虽然我还是觉得很可惜，却也理解一杰的做法。

上了大学，时间好像就越走越快了。上一秒，我们可能还在为进入大学生活隐隐期待；下一秒，马上就要披上盔甲，投身于竞争与生存里。

我们都希望能日久生情。可是，在被压缩的时间里，我们却好像丢失了日久生情的机会。

3

16 岁的时候，我会觉得一杰的"喜欢"太轻飘飘了。

真的喜欢一个人，就应该像《那些年，我们一起追的女孩》里的柯景腾一样，即使不被回应，也还是会坚持：

"我会继续努力的，这辈子我都会继续努力下去的。你就耐心等待我追到你的那一天吧。请让我，继续喜欢你。"

然而到了 20 岁，我似乎却更像是《绅士的品格》里的男主角金道振，赞同他在追求女主角徐伊秀被拒绝后说的：“对不喜欢我的女人，还不顾一切地冲上去冒险，我已经过了那个青春莽撞的年纪，虽然没有很温柔，但我也有我自己的方式，在那个程度上止步，是我的郑重，也是对所有人的照顾。”

少年时期的爱恋，是一场不顾后果的冲刺。

哪怕跑得汗流浃背、狼狈不堪，哪怕终点没有喜欢的人在等待，也会觉得，要继续跑下去，才能平复自己燃烧着的心。

如今，我们慢慢开始学着以更理性的眼光看待一段关系。

当看到对方没有回应，就得自觉停下来，识趣地离开，既保持了自身的得体，也避免了给对方带来不适。只是还是会有一点点难过。

因为，仔细想想，也并不能分清楚，到底是我们已经过了那个没有回应还继续爱的年纪，还是后来一直没再遇到那个让我们奋不顾身去追逐的人。

4

喜欢这个东西，太琢磨不透了。谁也不知道，这一秒喜欢得如火如荼的人，下一秒会不会就不喜欢了。

有太多人在一段关系还没开始时，会用尽全力去追求，但在一起后，反倒慢慢淡了下来。也有很多的人，牵个手就确立了关系，不知不觉就走了很远的路。

所以，其实真的没必要，用追求的时间和费心程度去衡量一个人是不是喜欢我们。

当一个人追求你的时候，会给你发早晚安，在你难过的时候陪你，发只对你可见的朋友圈。

这一切，其实都是在向你发出信号：我真的是个不错的人，你看看我好吗？但如果你答应他，只能是因为，从他追求你的过程里，在他身上找到了你喜欢的特质。而不应该是因为感动，才和他在一起。

5

很赞同《奇葩说》里姜思达说的一段话："恰恰是因为我们最后都要走向死亡，所以我们真的没有时间珍惜每个人，我们只能找到珍惜的那个人。"

这一辈子太短了。我真希望在追求你的时候，能有一个进度条。

这样的话，就算你不回应我，起码也有进度条告诉我，再努力多少，你就会喜欢我；或者指示我，不用再努力了，该退场了。

所以，不要害怕拒绝我。

你明确的拒绝并没有伤害我，反而是尊重了我的喜欢。

如果，你也喜欢我的话，请快点让我知道吧。

我多想抓紧时间，和你一起去看看这世界。

图书在版编目（CIP）数据

今天也很爱你 / 概率论著. — 南京：江苏凤凰文艺出版社, 2019.6
ISBN 978-7-5594-3494-4

Ⅰ. ①今… Ⅱ. ①概… Ⅲ. ①散文集 – 中国 – 当代
Ⅳ. ①I267

中国版本图书馆CIP数据核字(2019)第059151号

今天也很爱你

概率论 著

选题策划　李　雪
责任编辑　王　青　张　倩
文字统筹　范晨曦
出版发行　江苏凤凰文艺出版社
　　　　　南京市中央路 165 号，邮编：210009
网　　址　http://www.jswenyi.com
印　　刷　北京市雅迪彩色印刷有限公司
开　　本　880mm × 1270mm　1/32
印　　张　8
字　　数　183千字
版　　次　2019 年 6 月第 1 版　2019 年 6 月第 1 次印刷
书　　号　ISBN 978-7-5594-3494-4
定　　价　45.00 元